胡丽娜　毛萌　黄萍　著

孩子？孩子！

三位医生与
灾后失独家庭的
再生缘

人民东方出版传媒
東方出版社

图书在版编目（CIP）数据

孩子？孩子！：三位医生与灾后失独家庭的再生缘 / 胡丽娜，毛萌，黄萍 著. —北京：东方出版社，2018. 5

ISBN 978-7-5207-0314-7

Ⅰ. ①孩… Ⅱ. ①胡… ②毛… ③黄… Ⅲ. ①纪实文学—作品集—中国—当代 Ⅳ. ①I25

中国版本图书馆 CIP 数据核字（2018）第 056998 号

孩子？孩子！——三位医生与灾后失独家庭的再生缘

（HAIZI HAIZI——SANWEI YISHENG YU ZAIHOU SHIDU JIATING DE ZAISHENGYUAN）

作　　者：胡丽娜　毛　萌　黄　萍
责任编辑：柳　媛　江丹丹
出　　版：东方出版社
发　　行：人民东方出版传媒有限公司
地　　址：北京市东城区东四十条 113 号
邮政编码：100007
印　　刷：小森印刷（北京）有限公司
版　　次：2018 年 5 月第 1 版
印　　次：2018 年 5 月第 1 次印刷
印　　数：1—8 000 册
开　　本：880 毫米×1230 毫米　1/32
印　　张：6. 375
字　　数：94 千字
书　　号：ISBN 978-7-5207-0314-7
定　　价：42. 00 元
发行电话：（010） 85924663　85924644　85924641

如有印装质量问题，我社负责调换，请拨打电话：（010） 64023113

世间最美好的东西无法用眼或手触及，而得用心灵去感受。

——海伦·凯勒（Helen Keller）

选择做医生，就选择了一辈子过负责任的生活。负责任，就必须持续、认真地努力和付出。

——胡丽娜

当一个人面临选择时，往往取决于他能否超越自己。我们心灵深处的美好，使眼前与身后之事皆微不足道。

——毛　萌

医好一个病人，会给一个家庭带来幸福。家庭是社会的细胞，我很平凡，我热爱并忠诚于白衣天使的职业。

——黄　萍

>>>目录
Contents

推荐序一　致敬生命（乔杰）　/ 001
推荐序二　医者的勇敢担当（魏丽惠）　/ 005
自序　让人性的光辉照耀心灵　/ 009

上篇　纪实篇

引子　我们要讲述的故事　/ 003

第一章　失子是生命中不能承受之重　/ 007

1　地震突如其来　/ 008

2　花儿凋谢了　/ 010

3　提出再生育一个孩子　/ 028

第二章　再造完整家庭　/ 031

1　吹响集结号　/ 031

2　他们需要有效的一对一指导　/ 044

3 传达关爱的全方位服务网络 / 053
4 每一个流程都不能犯错 / 056
5 责任心驱使执行力 / 063

第三章 孩子？孩子！ / 075
1 108 个“罗汉宝宝” / 075
2 姗姗来迟的张从瑞 / 078
3 吴家“姐”弟 / 089

下篇 启示篇

第四章 不思量，自难忘 / 099
1 我陪你，看春暖花开 / 099
2 医生的家国情怀 / 103
3 灾民公仆的无悔岁月 / 123
4 年轻一代的责任和担当 / 132
5 我们坚持了 6 年 / 137
6 爱，永远在路上 / 142

第五章 在反思中前行 / 149
1 在医学实践中领悟人的蓬勃生命力 / 149
2 汶川地震再生育经验的推广 / 153

3　灾难医学推动医学发展　/ 156

附录　我们仨　/ 161

后记　日常生活也需要爱与善　/ 175

致　谢　/ 179

推荐序一

致敬生命

十年前的“5·12”汶川特大地震，震惊了世界。一方面是地震突然爆发，其严重程度，接近四十多年前的唐山大地震；另一方面，就是我们中国政府的快速反应，积极有效的救援，挽救了无数人的生命。然而，还有无数的家庭，失去唯一的孩子，这让劫后余生的父母们痛不欲生。为了帮助这些家庭，2008年7月30日，当时的国家人口计生委①领导带领我们生殖医学专家组一起到达成都，启动了汶川特大地震中有成员伤亡家庭再生育全程服务行动项目。这是党中央和国务院在灾后重建中的一项英明举措。

地震后，在如此短的时间内，政府就迅速制定出灾

① 本书中的国家机构及政府部门名称，均采用地震发生后，当时组织工作的机构或部门名称。

区再生育的基本方针和政策，投入专项经费用于再生育全程技术指导服务，这无疑是对灾区有成员伤亡的家庭最大的关怀和慰藉。在多次去四川灾区不同市县培训基层医生辅助生殖知识和技术的路途中，与那里受灾的父母们交谈，知道他们的感受和需要，因此在制定和调整灾后再生育政策时，我不仅是以一个专家的身份积极出谋划策，更是怀着对灾区的失独家庭的深切同情和责任，努力贡献自己的微薄之力。

毛萌院长是我非常尊敬的妇幼领域的知名专家，她和胡丽娜、黄萍教授都是卓有建树的妇产科和儿科医生，我熟悉她们，更知道她们常规临床教学和科研工作的繁忙。但是，在再生育全程技术指导服务项目中，她们作为专家指导组的主要成员，带领来自四川省各地的医护人员，在政府的领导下，以一个医者的家国情怀和使命感，战胜了许多困难，克服了很多阻力，在不断解决问题中推进此项工作，取得的成绩有目共睹，令人由衷地敬佩。

本书中，三位医生以医者的身份，回顾了自己在灾后再生育工作中的经历，记录下这个在世界灾后重建史上的奇迹，彰显了祖国的伟大。她们不仅记录下那些再生育夫妇和参与这项工程的专家们建立的深厚感情和感人故事，还深度剖析了再生育工作的模式、流程和方法，以作为今后可借鉴的材料。她们也思考从中获得的感悟，反思医学进步的环境推动力，并分享自己的体悟，以供大家参考。

“我决心竭尽全力除人类之病痛，助健康之完美，维护医术的圣洁和荣誉，救死扶伤，不辞艰辛，执着追求，为祖国医药卫生事业的发展和人类身心健康奋斗终生。”她们践行了医学生的誓言，诠释了医学的核心价值观。

灾难让我们有一种破茧而出的领悟，医学也因此而愈加完善。致敬生命！

妇产科学教授

中国工程院院士

2018 年 1 月 28 日

推荐序二

医者的勇敢担当

2008年5月12日下午2：28，这是永远被载入历史的时刻，也是铭记在中国人民心中难以忘却的日子：一场特大地震瞬间撼动了神州大地，人员伤亡惨重，房屋山川面目全非。至今，那些失去孩子的父母们，面对废墟绝望的呼唤仍然时时出现在我们的脑海中，震撼着我们的心灵。人类在大灾大难面前所经历的痛苦和心理修复，是一个永恒的话题。在这人类无法抗拒的特大灾害面前，中国人民以无比顽强的精神去战胜困难。人性，总是在灾难中得以浇灌，并迅速发芽生长出正能量。

今年是汶川特大地震十周年，《孩子？孩子！——三位医生与灾后失独家庭的再生缘》这本书以纪实的语言描述了三位四川医学院[①] 77 届毕业的妇产科和儿科医生与四川省众多医护人员帮助那些失去孩子的父母们实现再生育的经历。他们和这些父母们一道，共同经历、共同见证了“5·12”地震后 3700 多个婴儿的降生，使这些家庭因孩子的降临而“再生”，重获幸福与欢乐。本书作者毛萌、胡丽娜、黄萍以她们的亲身经历，记录了这一历程和迎来新生命的美好时光。在大灾难中，她们作为医生，勇于担当，无怨无悔地选择了奉献，无数次奔赴灾区，与再生育父母共同克服巨大的困难，同甘共苦，一起行进在重建家庭的路途中。

书中记录了在党中央的关怀下，在当时国家人口计生委的领导下，专家与当地政府齐心协力，科学分析与决策，制定完善的工作方案与流程，深入灾区，以顽强的毅力持之以恒、义无反顾地推进这项再生育工程，不断解决和处理出现的突发问题。书中还记录了他们在这一过程中的感悟和受到的心灵洗涤。阅读《孩子？孩子！——三位医生与灾后失独家庭的再生缘》一书，

① 四川医学院，1985 年更名为华西医科大学，2000 年，四川大学与华西医科大学合并，更名为四川大学华西临床医学院，相对应的医院名为华西医院。本书三位作者当年毕业时，仍为四川医学院，故此处用四川医学院。

我们深切地感受到人间的大爱，生命的顽强和人类繁衍生生不息的力量。大爱源自对生命的尊重和珍惜，源自医者的勇敢担当，源自中国人民对祖国未来的向往和深深的热爱。

愿祖国的大家庭和谐美满。

北京医科大学人民医院教授

写于汶川特大地震十周年

2018 年 1 月

自 序

让人性的光辉照耀心灵

当脚下的大地突然间剧烈震动、撕扯、挤压，瞬间一切都变了样：人没了，伤了；城市消失了，沉了；房子没了，倒塌了；山移了，撕裂了；河流改道了，水倒流了……

地球竟然可以被扭曲撕开，口子上都是鲜血；生命竟如此脆弱，她甚至经不起大地轻轻地一转身。

汶川特大地震，震动了大地，震垮了建筑，埋葬了生命，也深深地震动了我们每个人的心。

祭奠死者，举国致哀；警报拉响，汽笛齐鸣。13亿人齐哀悲痛，告慰亡灵。对于生者，灾难唤醒的是大爱与血性，爱瞬间迸发汇集，不可阻挡。

生命的逝去，身心的创伤，我们感同身受；血浓于水的情感使我们的心因地震带来的巨大灾难而持久震动，难以平静。我们用坚强筑起爱的堤岸，投入灾后重建。

当8000多个失去孩子的家庭茫然悲伤，不知所措，彷徨无助之时，我们来了——带着国家、人民和医者的爱。

对我们仨，全身心投入到再生育工程这一聚集爱心、凝聚人心、温暖人心的工程的经历，也是一段我们的心灵因爱的付出而能量释放且得以再生的历程。我们都是毕业于当年四川医学院77届的妇产科和儿科医生，与许多医护人员和再生育父母们共同经历、一起见证了“5·12”地震后3700多个家庭因孩子的降临而“再生”、重建幸福与欢乐的时刻。

如今，在“5·12”汶川特大地震十周年之际，我们愿意与你们分享源自一个医生内心深处的感受和感想，以及那些应该被记住的再生育的故事。

再生育是灾后的生命重建，是完整家庭重建的软工程。爱心、信心、责任心与民族自救这些闪耀着巨大人性光辉的付出是再生育工程能够成功实施的核心所在。

绝大多数失去孩子的家庭，在当时都是失独家庭，占70%以上。仅有不到30%的部分少数民族家庭是失去了孩子中的一个，希望再生育一个。因地震灾难造成家庭的不完整，不仅是一个家庭的痛苦，更是一个严重的社会问题。大多数需要再生育的妈妈，年龄都超过了35岁，有近三分之一的妈妈年龄超过了40岁。高龄、曾经做过结扎、悲伤、心理压力、经济压力等都累积在了一起，给再生育工作增添了极大的难度。政府的政策支持，专家的倾情奉献和攻坚克难，让这些失去孩子的家庭重建信心，打开心结，走出悲伤，进入再生育的流程中，最终成功怀孕。

再生育工程的实施，是“分级医疗和转诊体系”的成功实践。由华西—省级—市级大型三级医院牵头形成的分级医疗和转诊网络的设计，没有经济利益的瓜葛，流程清晰，职责明确，各负其责又不失责任的互补，会诊与转诊十分尊重实际，不走冤枉路，不花冤枉钱，工作效率极高，温暖自始至终都在。更重要的是，所有的病例都是共享的，可以避免做重复检查。

政府与专家队伍形成的两条线，将各级政府和医疗分别串起来，以管理为连接，形成稳固的二元“梯子”结构，使复杂的局面有条不紊。信息互通是提高效率的保证，再生育工程在政府与专家分别落实的两条线上，以信息为纽带，将政府与医疗的执行有效连接，互为支撑，且贯穿始终。问题的分析随时展开，解决问题的措施及时跟上，因为无论是政府还是专家都只有一个目标——让在灾难中失去孩子的家庭再生育一个健康的孩子。

触角延伸到每一个角落，不放弃任何一个有再生育愿望的家庭。一个完整的医疗体系，应该覆盖到所有的家庭——边远的，贫穷的，难以到达的任何地方。再生育工程的实践，是医疗全覆盖的一个预试验，既有惊喜，又有艰辛，最后带来喜悦，其经验值得今天的我们借鉴。

我们是你们养育的儿女。我们是祖国培养的医务工作者。

请与我们一同走进灾后再生育以及心理重建工程中的那些故事，让人性的光辉照耀我们的心灵。

毛萌

2018年1月30日

上篇　纪实篇

不管你是谁，都要做个好人。

——亚伯拉罕·林肯（Abraham Lincoln）

引子　我们要讲述的故事

我们要讲述的故事，可以简单地用一个问句来描述，“汶川特大地震中失去孩子的家庭是如何实现再生育一个健康孩子的愿望的？”

在2008年5月12日下午2：28发生的那场突如其来的汶川特大地震中，有8000多个家庭失去了自己的孩子，如花的生命瞬间凋零。党和国家没有忘记这些家庭。在国务院的高度重视下，当时的国家人口计生委于2008年7月30日启动了汶川特大地震中有成员伤亡家庭再生育全程服务行动项目，向地震灾区有成员伤亡并有再生育意愿的家庭提供再生育技术服务，帮助他们实现再生育一个健康孩子、重建家庭的愿望，最大限度地减少地震对他们造成的身心伤害。之后，有6000多个家庭表达了希望能再生育一个孩子的愿望，同时有一批专家在爱心的驱动下，以医者的使命感集结在一起，与这6000多个家庭命运相连，为实现再生育一个健康孩子、让血脉再续的愿望共同努力。

2008年7月30日，国家人口计生委再生育全程服务行动项目启动仪式在四川成都举行。黄萍在会上代表专家发言

在灾后重建的几千个日日夜夜，也许只是些许足迹，却处处可见人性的光辉。

这是灾后重建的“软工程”，尽管这个重建工程不需要砖、不需要瓦、不需要水泥，但需要政府、医疗卫生人员、计生服务人员和全社会的爱心和努力。许多社会组织里的成员都参与了进来，妇幼医学、生殖医学、心理学和社会学等领域共 32 名专家，组成了“四川省级汶川特大地震中有成员伤亡家庭再生育技术服务专家指导组”，在最短的时间内以最快的速度建立了覆盖四川全部灾区的再生育技术服务指导网络。

我们仨都是这个指导组的成员。我们愿用自己真实的经历，记录下在实施这个巨大的“软工程”过程中发生的一些值得被记录的故事。

这里呈现的故事，仅是我们仨从个人的角度对这段时光的回忆，其中包括我们对这个故事所做的一点思考延伸——仅以此祭奠“5·12”汶川特大地震十周年。

第一章　失子是生命中不能承受之重

很多人对什么是真正的快乐理解有误。快乐不能因为自我满足而获得，但却能通过为崇高使命服务而获得。

——海伦·凯勒（Helen Keller）

2008年5月12日，下午14点28分，中国，四川，汶川。

天崩地裂、水壅山倾、房屋倒塌、道路扭曲。

突如其来的大地震整整持续了75秒。

当大地暂时恢复安静的时候，地壳运动的中心地带已经面目全非。

在超过10万平方千米的土地上，直接经济损失近8500

亿元，69227 人死亡，374643 人受伤，17923 人失踪。

更令人伤心欲绝甚至几近崩溃的是，在这些消失的生命中，有几千个如朝阳般刚刚升起、如蓓蕾般含苞待放的孩子。

苍山哭泣。大地奔泪。

还有什么比孩子以这样的方式突然离去更让人心如刀绞？

孩子，妈妈留住了你的模样，你时时在我的眼前出现。

宝贝，爸爸记住了你的声音，你声声在我的耳旁呼唤。

回来吧，我的孩子……

1　地震突如其来

2008 年 5 月 12 日 15：02 新闻报道：5 月 12 日 14 时 28 分 04 秒，四川汶川县发生 7.8 级特大地震。随后，根据国际惯例，地震专家利用包括全球地震台网在内的更多台站资料，对这次地震的参数进行了详细测定，据此对震级进行修订，修订后的震级为里氏 8.0 级。

根据中华人民共和国地震局的数据，此次地震的面波震级里氏震级达 8.0Ms、矩震级达 8.3Mw（根据美国地质调查局的数据，矩震级为 7.9Mw），地震烈度达到 11

地震时钟

度。地震波及大半个中国及亚洲多个国家和地区，北至辽宁，东至上海，南至中国香港、中国澳门、泰国、越南，西至巴基斯坦等，均有震感。

“5·12”汶川地震严重破坏地区超过10万平方千米，其中，极重灾区共10个县（市），较重灾区共41个县（市），一般灾区共186个县（市）。

截至2008年9月18日12时，“5·12”汶川地震共造成69227人死亡，374643人受伤，17923人失踪，是中华人民共和国成立以来破坏力最大的地震，也是唐山大地震后伤亡最严重的一次地震。

当时我和丽娜正在四川大学望江校区老行政楼三楼会议室参加有关学校学科建设工作的会议，突然，行政大楼剧烈晃动，这栋老行政楼的玻璃窗户在剧烈摇动中发出“哗哗”的巨大声响。我们站起来，相互搀扶着迅速往楼下冲，整栋楼晃动发出的声音与众人奔跑时的吼叫声混杂在一起，校区的地面波浪式地晃动，各种巨大的声响中夹杂着人群的尖叫声和喊叫声。

地震了！

全部通讯中断。

丽娜那天说妇产科手术很多，我想，华西第二医院门诊那么多的病人，没有有效的指挥，混乱中必定产生次生灾害，我们必须立刻赶回医院。穿过人车混乱的大街小巷，回到医院门诊大厅，我让丽娜赶紧去手术室，我在大厅里召开了灾后的紧急会议，抗震救灾的序幕由此拉开。

（毛萌）

2　花儿凋谢了

特大地震发生后，无论是伤是亡，还是失踪，妇女和儿童都是最被关注的群体。孩子们的离去，带给社会和家庭的悲伤被扩大无数倍，成为全世界关注的焦点。

黄萍描述当时情景

清楚地记得，那一天是 2008 年 6 月 2 日。汶川特大地震过去刚好三周。

虽然大地震已经过去了三个星期，但市计生所和整个城市只能用“忙”和“乱中尚有序”来概括。随着时间的推移，“忙”依然是一塌糊涂，从早到晚，难以歇脚，但“乱”明显已经逐渐朝着有序的方向发展。

有序的忙总是意味着人手不足和时间不够。市计生所总共只有 40 多名医生，平时只负责成都市区的计生指导工作，一旦遇到大的活动和重要节点，就需要向下面的单位抽调人手以维持工作。但这次遇到的地震灾害十分严重，伤亡巨大，各个县、区和乡计生站都忙得昏天黑地，上哪儿找人去？

地震过后某一天，时任都江堰市计生局副局长的陈之喜就打电话给我，很着急，话说得也不太清楚，大致意思是说，都江堰市聚源中学、新建小学和向峨中学中那些失去孩子的家长情绪激动，极难控制，希望我们给予帮助。我立刻意识到，从医生的角度给这些失独家长们提供帮助，安抚他们悲痛的心，对情绪失控也许能起到一定的安抚作用。

我和陈之喜在省里开会时相识，并不是很熟，但在这样一个特殊的关键时刻，我知道我们面临同样的困难和任务。我当即连夜组织 4 名妇产科医生，为来自都江堰的 20 对夫妇进行初步心理干预及常规体检，并对其再次生育进行评估。其实在当时，按照政策，失独家庭是可以再生一个孩子的，而国家和省市有关部门也要求做好这方面的工作。

黄萍对都江堰再生育夫妇
进行心理抚慰和生育力评估

我们在进行心理抚慰和心理疏导的同时，更多的是从医学的角度对夫妇双方能否再次生育进行检查、指导和宣传，对在检查中发现有各种妇科疾病的，当时就进行了治疗，严重的还尽量留下来住院治疗。由于我们只是计生所，床位十分有限，有些夫妇来一趟不容易，老家又被地震毁了，我索性就把有些远道而来的夫妇接到家里暂时住下来。

没想到这方法真的起作用了，不少失独夫妇渐渐平静下来，计生局的领导和专家也都没有想到会有这样的效果。因为有了这个好的开端，都江堰计生局陆续把这些夫妇送到成都市计划生育指导所，几批下来，已经超过了 600 对夫妻。

汶川特大地震后第一批再生育家庭
到成都市计划生育指导所进行心理抚慰

但这样一来，所里本来就紧缺的人手就更加捉襟见肘。在这种特殊的时刻，我们只能用加班来弥补，白天黑夜连轴转。而我，是一个乳腺癌患者，一天的劳累后，大家根本不容我推托就把我送回了家。

回到家里，躺在床上，无论怎样就是睡不着，迷迷糊糊满脑子都是电视里那一幕幕地震场景的碎片。好不容易熬到了凌晨5点多钟，赶紧起床洗漱，然后就迫不及待地叫我先生开车送我到单位。来到病房，和值班的同事们一起，一间病房一间病房地看过去，心里才慢慢平静下来。

查完房，太阳已经升起来了，阳光透过病房的落地窗斜斜地射到病房外面的过道上，投下了几道长长的光柱，6月初的成都已经有了几分夏天的感觉，暖暖的让人有了些许慵懒。正在这时，楼下突然传来一阵阵喧哗，夹杂着零乱的脚步声和一阵阵哭泣声。“发生什么事了？”正疑惑着，不一会儿，门诊导医护士小陈一路小跑上来，急急忙忙叫道：“黄老师，黄老师，您快来，快来看看！”

快速来到楼下的大会议室，推开大门望去，只觉得心脏仿佛挨了重重一击，顿时破碎，撒满一地。

几十对来自都江堰市向峨乡的失独夫妇已经不再哭泣，他们每人手中都抱着一件孩子的遗物，围着那张椭圆形的大会议桌呆望着推开的门，每一个人看上去都神情呆滞、表情木讷。憔悴灰暗的脸上，两只眼珠深陷在空洞的眼眶中，白中带青，没有一丝一毫的生气，看起来不但失去了生机，更像是失去了灵魂！

他们手中抱着的那一件件遗物，似乎在无声地诉说着一个个令人心颤的故事。

一位家长捧着一张奖状，奖状上清晰的字迹是“××同学，在全校诗歌比赛中荣获一等奖”，那张奖状上面残留着灰尘，缺掉的右上角还有着类似糨糊的痕迹，可以想象这张奖状不是装在相框里，而是直接贴在墙上，由此可以推测孩子的家境并不是很富裕，但并不能阻碍他乘着诗歌的翅膀在蓝天下翱翔，他一定有着诗和远方的梦想……然而，这场大地震却让未来的诗人瞬间凋零了！

一对夫妇，丈夫捧着一张照片，彩色照片上一个大眼睛的小男孩正俯着身子蹬着滑板向前冲，而此时此刻的妻子则抱着那只孤零零的滑板，紧紧的，紧紧的，无论如何也不松手！

一位母亲看上去如祥林嫂之神态，口中无休止地重复着一句话：“我们宝娃见人就笑，我们宝娃见人就笑……”

更让在场的所有医生护士瞬间泪崩的是，一位母亲抱着一只毛毛熊，而这只毛毛熊身上竟穿着一件橘红色的童装羽绒服！妈妈啊，你这是要告诉我们，你的宝贝女儿不是去了天国，而是依然抱着她的萌宠在你的呵护下甜甜地沉入了梦乡！

“昨天是儿童节。”不知是谁在我耳边哽咽道。儿童节！是啊，多么美好的节日，只要一想到儿童节就会想到蓝天、白云、阳光、绿草，还有我小时候常常哼唱的那首儿歌：“小鸟在前面带路，风啊吹向我们，我们像春天一样，来到花园里，来到草地上；鲜艳的红领巾，美丽的衣裳，像许多花儿开放；跳啊跳啊跳啊，跳啊跳啊跳啊，亲爱的叔叔阿姨们，同我们一起过呀过这快乐的节日……”可是……地震后呢？鲜艳的红领巾、美丽的衣裳，还有那些成绩单、学习机、汽车模型和奥特曼机器人都变成了家长手中的遗物，春风里的小鸟颓然折翅，春天的花朵已然凋谢，只有正在流泪的叔叔阿姨和泪已流干的爸爸妈妈们在陪你们度过已成绝唱的儿童节！

老天，你不要这样残忍好不好！要知道，我也是一名女性，我也是一位母亲，在面对丧子之痛时，我没有坚强，只有软弱，只有束手无策、孤立无助的绝望……

绝望之时，我想起了我的同学胡丽娜，她是华西第二医院妇产科的大科主任，同时也是四川省医学会妇产科分会的主任委员。虽然她是我们班的小妹妹，但她性格豪爽大方，素来果断刚强又乐于助人，我现在最想得到她的帮助！

于是我毫不犹豫地拿出了手机。

丽娜如是描述

我们不能这样束手无策，我们必须有所行动。

接到黄萍的电话，听到手机中传来的断断续续的抽泣声，我没有耽搁，立刻从极度繁忙的事务中抽身出来，并叫上正在埋头工作的许良智教授（也是我们77届的同学），又各自叫上正好在身边工作的研究生，一行人小跑出医院，乘公交车向成都市计划生育指导所赶去。

来到市计生所的会议室，推门进去不觉傻了眼。已经是下午两点多钟了，计生所的医生护士们全流着泪不说话，而那些悲伤逾甚的家长们捧着孩子们的遗物无话可说。会议桌上摆放着的糕点、水果、饮料都无人问津，盒饭也早已失去了热度。

黄萍看到我们后，止住眼泪，招呼我和许良智到她的办公室。我们把情况简单地沟通了一下，就立刻投入到对这些失独父母的心理干预和身体检查工作中。

在以后的时间里，我和许良智带着我们的研究生轮流去成都计生所帮忙，但我们发现仅仅靠我们的力量是不够的，很难帮助更多的陆续到来的失去孩子的夫妻。黄萍在计生系统工作多年，对基层工作非常熟悉，她告诉我们：5 月 29 日，国务院办公厅印发了《关于进一步做好地震灾区学生伤亡有关善后工作的通知》，要求在灾区全面实行计划生育家庭特别扶助制度，对有子女在震灾中死亡或伤残的家庭给予再生育政策照顾，免费提供生育咨询和技术服务。但这个工作目前主要依靠计生系统来进行，基层工作无序而忙乱，虽然有些医疗系统（当时医疗系统和计生系统是各自独立的）专家自发参与，很多外地专家也是短暂停留，但这项工作不是短期能够完成的，它需要一批专家长久坚持才能取得一定效果。

怎么办？如何去做？我想起了自己和毛院长（毛萌，我平时叫她萌姐）在灾区看到的情景：都江堰新建小学门口相互搀扶的父母或祖辈那眼巴巴地望着废墟的泪眼和什邡红白镇小学散落在灰尘中的书包和课本；什邡洛水中学倒塌的重点班的教学楼废墟前，那些树枝上牵拉着的麻绳上贴着的一张张纸条仿佛还在我眼前晃荡，纸条承载的是父母对孩子的追思，也有他们对上天的质问。

地震造成几千个幼小的生命瞬间蒸发，这是生命不能承受之重。这些父母的生活里，没有按下暂停键，但按下了静音键。没有商量，没有迂回，孩子就这样走了。所有的喧闹、忙碌、紧张、困顿、压抑、隐忍，连同它们所换回的那种叫天伦之乐的美好，统统消失了。在中国的传统家庭观念中，基于养儿防老和传宗接代的考虑，孩子不仅是血脉的延续，也是精神的寄托。更何况独生子女是中国特殊年代下产生的一个特殊群体，独生就意味着唯一，也意味着巨大的风险，自然原因、非自然原因造成幼小生命的夭折，给家庭带来的破坏则是社会性的：谁来给他们养老？谁来给他们天伦之乐？谁来给这些家长提供一生的慰藉？

只有让他们再生一个孩子！重新组成一个完整的家庭，才能从根本上抚平他们心灵深处的悲伤，重新燃起生活的希望！

可是，在当时那样一个特殊的情况下，要想从整体上解决这一问题谈何容易。首先是规模庞大，总共有8000多个失独和伤残家庭，其中有生育要求的家庭6000多个；其次是环境恶劣，他们中绝大部分人的家都毁于地震，大多混住在帐篷、窝棚和体育馆等避震场所（大多数板房还在紧张修建中），暂时还不具备正常家庭生活包括夫妻生活的条件；最后是情况复杂，在有再生育意愿的6000多对夫妻中，必然存在结扎、安环、孕龄偏高、生殖疾患、妇科疾患等各种生育障碍，有的家庭还因地震成了单亲家庭。如果不从整体上综合施策，而是放任这些夫妻们“自然怀孕、自然分娩”，整体效果必然不好。仅仅靠黄萍他们计生系统的技术力量是难以完成的，但如果把整个四川省的医疗和计生的技术力量组织、集中起来，以综合的优势，全方位、立体化地给这些失独家庭以切实的帮助，就能让他们平安、顺利地再生一个孩子，重新组成一个完整的家庭，由此这项给他们以希望的再生育工程才能顺利推进。

我把这个初步的思路和黄萍交流后，立即得到她的拍手称赞。

当然，要整合各种技术资源，拥有妇产科、儿科两个国家级重点学科的四川大学华西第二医院是一支不可缺少的重要技术力量。

“那好，我回去向毛院长汇报，她一定会支持的。”我说，“我们不能束手无策，必须要有所行动。”

毛萌，当时华西第二医院的院长，既是我的顶头上司，又是我们当年四川医学院77届的同学，更是一位可亲可敬的大姐。黄萍当即表态，说思路形成后，她愿意和毛萌一起向省里的有关领导和有关部门汇报。

毛萌回忆了当时的情景

再造完整家庭，重建天伦之乐，是一种责任。

我记得是8月初的一天，已经过了晚上8点了，我和王海英、聂登凤两位办公室主任、副主任刚从收治了很多灾区病患的忙碌的病房里回到办公室，满脸疲惫的丽娜就匆匆地推门进来。

我说：小胡，你有着急的事吗？（虽然我们是同学，但在非正式场合，我总是习惯叫她小胡或者丽娜）

丽娜在我办公桌对面的椅子上坐下，看上去十分严肃，又有些悲伤。沉默了半晌，她才把这段时间她和许良智教授在成都市计生所帮助灾后失子家庭时发生的一幕幕悲情故事告诉我，当讲到向峨乡那些父母时，她泪流满面难以控制，这也触动了我心中那块难以名状的柔软之处。因为地震后，我带着华西第二医院医疗队赶赴北川，面对北川中学坍塌的废墟，不仅感受到巨大灾难的惨烈，也深深地感受到生命的脆弱。

其实，这是我和丽娜第二次谈到这个沉重的话题。上一次是2008年5月19日。当时，整个城市还沉浸在恐慌、悲伤和忙乱之中，我已经一周没有回家了，晚上就睡在门诊的诊断床上。我的同事们和我一样，我们同甘共苦，疲劳但仍然在坚持，处理着不断发生的各种各样的问题。那天下午大约6点多，我准备回家一趟，毕竟家里还有爱人和女儿。回家的路上，突然感觉整个大地又震动了起来。“又地震了！赶紧回医院！”

刚到医院一会儿，丽娜第一个赶到，并告诉我黄萍将她父母接到自己家里去了。我对丽娜说，关键时刻就可以看到哪些中层干部有担当啊！然后，我们俩和陆续到达医院的10多个中层干部巡视了病房，当我告诉住院的病人，说新住院大楼结构非常好，我们会一直和你们待在一起不会离开时，病人的恐慌情绪才逐渐平复。我们还对有些要求继续在楼下避震的病人做了妥善的安置。

这一次我们除了讨论当时最紧急的事情，还谈起了那些死去的孩子们。

灾后的状况牵动着我们的心。那些失去孩子的父母们的消息总是让我们静不下心来。我们能够为他们做点什么呢？

那时地震过去两个多月了，但我们不得不再次面对这个沉重的话题。为缓解丽娜的情绪，我还提议去荷花池走走。我们穿过街，从西校园来到东校园，熙熙攘攘的学生和行人都行色匆匆，校园此时已经进入黄昏时分。

荷花池边有华西校园的标志性建筑，青砖雕花的解剖楼、物理化学楼、药学楼都集中在那里，在晚霞中格外显眼，楼边的万年青和鲜花仍然是我们上大学时的情景。那座已经有 83 年历史的象征着华西坝、见证着华西发展变迁历程的钟楼，在霞光中，静静地、轮廓分明地屹立着。此刻的钟楼，竟如此清晰，如此美丽，如此触动我的心。

“情况很不好。”丽娜并没有完全放松，“好多失去孩子的父母情绪非常激动、不稳定，据说，有些绝望的父母还站在市政府门前久久不愿离去，给救灾造成很大的影响。”

“嗯。”我的眼睛湿润了，心揪了起来，眼泪终于止不住地流了下来。

“我们与这些父母直接对话，并做一些医疗的处置，他们的情绪有改善。”丽娜的脸上露出了轻松的表情，“站在父母的角度，我理解他们此刻的心情，知道他们的悲伤和焦虑。要是能帮助他们再生育一个孩子就好了。”

这是从根本上缓解这些父母心中压抑、悲伤和痛苦的办法啊！我甚至在想，这也许可以将他们从绝望中拯救出来。

“你说得太好了，生一个健康的宝宝，可以修复一个家庭，重建一个家庭的幸福。”

“黄萍告诉我，国家人口计生委已经出台了政策。”丽娜还详细告诉我有关政策的内容。

当时灾后各种重建工作都在紧张开展，而灾区稳定尤其重要，党中央国务院领导非常重视和关心地震灾区子女伤亡的情况。国家人口计生委从关注民生，稳定民心，关爱灾区家庭的角度，迅速向党中央国务院提出做好有子女伤亡家庭再生育工作的建议。2008 年 5 月 28 日，李克强副总理在接到国家人口计生委报告的当天，连夜作出批示，并呈报温家宝总理。2008 年 5 月 29 日，温家宝总理作出重要批示，同意并采纳了国家人口计生委提出的政策建议，决定对有子女伤亡家庭实行免费再生育技术服务，并要求尽快在四川等灾区落实政策，以安定人心。当日国务院办公厅，即以“特急”件印发了《关于进一步做好地震灾区学生伤亡有关善后工作的通知》，要求在灾区全面实施计划生育家庭特别扶助制度，对有子女在震灾中死亡或伤残的家庭给予再生育政策照顾，免费提供生育咨询和技术服务，给予地震灾区子女伤亡家庭特别的关爱和扶助。李克强副总理还专门作出批示：“要抓紧把震后子女伤亡家庭再生育工作政策及服务措施落实到位，尽量做细。”同时，国务院决定拨付 1 亿元人民币，用于再生育家庭免费医疗专用经费，省政府拨付 1900 万作为再生育工程的工作经费。国家人口计生委于 2008 年 7 月 30 日在四川省召开了“国家人口计生委再生育全程服务行动项目启动仪式”。四川省还成立了以计划生育系统为主的专家组。

然后丽娜又谈到了存在的一些问题：免费提供生育咨询和技术服务主要是由计生系统来承担的，而医疗系统有些专家的参与是自发的，工作没有统一流程，各自为政，基层诊治十分不规范；外地专家来到灾区也只能提供短暂的咨询服务，而生育涉及领域较广，需要的时间长，如果没有很好的服务流程和方法，不仅耽误时间，效果也不好，尤其是对于那些高龄妇女，如果处理不及时有可能耽误最佳的治疗时机。

“我们怎样才能帮上忙？”

丽娜把她和黄萍的想法告诉了我，我非常赞同。我告诉丽娜要与黄萍保持紧密联系，在帮助成都计生所工作的同时，认真思考行动方案，以备华西第二医院参与到这项灾后重建任务中去。因为作为国家级妇女儿童医院应该有所担当。

大约一个月后，丽娜又告诉我，虽然成立了再生育省级专家指导小组，但工作推动起来还是很困难。这一信息与从一开始就投入再生育工作的我们医院的李尚为教授那里得到的信息是一致的，她是医院生殖医学科主任。

当时，省人口计生委启用的是省、市级以计划生育系统为主，由妇产科专家担任组长和副组长的体系，这本来是完全正确的，但在资源十分短缺，尤其是人，各种人手都不够这样一个特殊的情况下，工作开展就很困难。

现在，灾区父母对这项工作的期望值很高，需求量大，难度大，不好开展啊！但这又是一件必须要做而且还必须要做好的工作。

“还是你领头吧。”丽娜说。

我望着她久久不语，很难马上回答她。因为我知道，一旦决定承担这样一个重任，我们都必须全力以赴。华西第二医院是一个有巨大工作量的妇女儿童医院，在这次“5·12”大地震中，华西第二医院作为卫生部在西南地区唯一的部属妇产儿童专科医院，从5月12日至6月2日，共接诊地震伤员329人，接收华西医院转入伤病员17人，治愈率达到99.4%；派出转运车辆和转运医护人员共57批次，医疗组13支共148人。在保证救治地震伤员的同时，同期完成非地震伤员的普通门诊56829人，急诊9781人，入院2117人，完成择期和急诊手术

965例。

一个高效运转的妇女儿童医院，如果接下再生育全程技术服务这项工作，大家都要更加辛苦。作为院长，我该怎样选择？而“再生育工程”这项工作不是一个短期任务，而是一项艰苦的长期工作，即使一切正常马上怀孕，也要“十月怀胎”，更何况还是这样一个特殊时期，一旦答应下来，就意味着大家将不再有周末、假期，要放弃很多很多……

“再生育工程”，我脑子里不断放映着这几个字。每个字都有千斤重，每个字都是一个承诺——这也是希望，是带给这些失独家庭的希望。

我知道承诺意味着什么，即必须在管理医院和完成医疗、教学和科研工作的同时，全力投身这项灾后重建工作，不达目的，决不放弃。我还明白，这项工作的重点是需要极强的组织形式来整合资源，推动工作的开展。如果我不去承担，我自己都不会原谅自己。

政府出台政策，专家来唱戏。如果能够组织一支强有力的专家队伍，符合实情的安排就能够调动大家的积极性，形成合理的可以在整个灾区推行的工作模式，上下联动、左右互动，最后形成一个纵横交错的工作网络，就能确保“再生育工程”的顺利推进。

我脑子里反复思考着可能出现的状况，分析着可用的资源，梳理着有效的工作模式。

“毛院长，”丽娜是一个急性子的人，她打断我的思考，“我们妇产科的专家会努力跟着你干，我们会彰显作为国家级重点学科的担当和实力。”

丽娜的话让我感动不已，那就让我们一起选择去帮助，选择去治愈，选择去迎着困难前行。

3 提出再生育一个孩子

第二天下午。我拿起电话。

“欧主任，您好！我是华西的毛萌。”

“毛院长好！”欧主任非常热情。

“我想约一下你们的时间，听听你们正在进行的再生育项目的情况，同时也将我的一点想法向您汇报。”

“太好了！那就明天上午吧！”

从欧主任的语气中可以感受出他对我们的见面非常期待。我也是。

第二天一早，我、王和副院长（也是我 77 届的同学）、胡丽娜主任一行三人来到了省人口计生委。上楼一看，计生委主任、两个副主任，还有两个处长，都已经在会议室等着我们了。

最强阵容，顿时让我一阵感动。

记得那天每个人既兴奋又有些担忧的表情，记得大家含泪表示要做好再生育工程的真诚表达，记得省人口计生委领导的重托和指示，记得我说了很多话，汇报自己的想法。

我是经过了深思熟虑的。我已经下定决心，在这个项目中担当起更多的责任。没有任何借口。是的，没有任何借口。我一气呵成地表达了自己的想法：

华西第二医院虽然是卫生部部属医院，但它位于四川，位于成都，要听从地方政府的指挥，尤其是在特定的环境和情况下。所以，华西的资源请你们根据灾后重建的需要予以调动，我们医院当全力配合，积极参与。

再生育全程技术指导服务是党中央对失独家庭的关怀，是一个有温度和难度的项目，关系上千个家庭的重组和重建，关系他们未来的幸福。所以，作为华西第二医院的院长，基于几个原因，我愿意承担更多的责任。一是具备了与政府共同推进工作的经验，也知道如何在政府现有的决策下完善项目实施的顶层设计。二是具备整合和调动资源的能力，提纲挈领，用整合好的资源带动项目快速推进，组织所有具备生殖医学专科的医疗资源，尽快形成最强的专家队伍。三是可以很快建立专业操作的流程，使项目的实施更科学，更有效率，也更能显现更好的成本效益。四是建立分层评估、筛查、诊断与治疗，建立领域工作小组，出台培训方案，健全转诊制度、专家会诊制度和绿色通道，使每一个家庭都能与专家面对面，增强再生育的信心，实现失独家庭再生育的全覆盖。

最后，说到政府的关键作用和领导作用，让其与专家队伍形成有效的“二元结构”，相互沟通，积极解决问题，以达到目标——让60%以上的失独家庭再生育一个健康的孩子。

“再造完整家庭，重建天伦之乐！”记得我当时用这样一句话结束了我的汇报。如今，我仍记得当时大家那经久不息的热烈掌声，记得人口计生委领导说，有了华西第二医院的参与，有毛院长亲自挂帅，有这么多专家的大力支持，我们对推进再生育工程就更有信心了。

我就这样主动请缨，与四川省有爱心的专家们一起参与了这项史无前例的灾后生命重建工程。

（黄萍、胡丽娜、毛萌）

第二章　再造完整家庭

希望长有翅膀，栖于心灵之上，吟唱曲调，无须言表。天音袅袅，始终环绕。

——艾米莉·狄金森（Emily Dickinson）

1　吹响集结号

没有什么比温柔更坚强，也没有什么比实力更温柔。历史告诉我们，灾难总是考验着人类的生存与复活能力。

灾难后留下满目疮痍，但只要孩子在，家就可重建。在我们举国而动的体制下废城重建易，但那些深埋在心灵废墟的坍塌内心重建难。尤其是地震中失去孩子的母

海啸过后，孩子和他的父亲回来，
家没了，城也毁了，但噩梦终于散去了

亲们，创痛弥深，难以平复。

对于西方人来说，配偶死亡是成人生活中最大的压力事件，但对于中国人来说，最大的压力事件不是丧偶，而是丧子。有人曾说过：失去父母的孩子总会长大，但失去孩子的父母总是迈不过去这道坎。

我到底是哭还是不哭？

震后灾区的满目疮痍，以媒体形式在全国反复出现，想为灾区做点什么的热情，促使四面八方的专家、咨询

战争结束之后，所有的人都已经不在了，
父亲紧紧抱着自己从战场归来的孩子

师涌向灾区。虽然紧急医疗救助很快在政府的协调下有序进行，但心理救援和各科专家咨询却无序而混乱。心理救援成为最难点之一。

多次重复心理援助或不当心理救助，如同把伤口反复打开却不包扎或让即将结疤的伤口再次裂开，对一些灾民造成了二次伤害。各地专家如潮水般涌向灾区，来得快，去得也快，有些仅仅是为了去做研究，很多专家最多待一两周，给出的各种建议、措施往往是不切实际的，有的甚至是荒谬的。我亲眼见到一个再生育母亲在心理援助中的茫然无助，因为一个咨询师对她说“哭吧，哭出来就会把不良情绪释放”，而另一个咨询师却说“咱们不哭，咱一定要坚强”，最后她终于爆发了，问“我到底是哭还是不哭？”

当看到给再生育妈妈的咨询手册里，出现吃燕窝可以缓解心理压力、促进生育的建议时，我很无奈。失去孩子的母亲和父亲，他们心理承受着比身体伤痛更痛的痛，有的甚至出现了心理障碍。

在行动中思考

要让6000多个失去孩子的家庭通过再生育一个宝宝来重建家庭是一个长期的系统工程。再生育群体居住分散，民族、年龄、社会经济条件、生育功能和心理状况各异，远比房屋、道路等硬件设施的重建工作艰巨得多。而且生殖功能是人类进化中最为神秘的功能，生殖重建涉及的学科也最为复杂。

理想与现实总是相差甚远。虽然萌姐主动请缨，愿意带领全省以妇产、生殖、儿科为主的专家团队参与到再生育技术服务工作中，也做好了面对困难的思想准备，但在整个行动中遇到的困难比想象的还要大。大家心里也都明白，再生育服务工作的组织管理涉及计生、卫生、妇联等行政部门，需要多部门间的衔接和资源整合，也需要个人、家庭、社会和政府的全力配合。而再生育技术服务涵盖计划生育、妇科、生殖、产科临床、孕期保健、新生儿保健、男科和心理学等；再生育的服务对象不同于一般人群，地震所造成的身心伤害、震后不良的自然和生活环境、心理压力、高龄等诸多因素使成功妊娠和分娩的风险增大，其妊娠合并症、并发症的风险远远高于普通孕妇。因此，集科学化、规范化和个性化于一体的全程再生育服务体系的建立迫在眉睫。

省人口计生委副主任欧力生说："技术服务是再生育服务的核心内容，是确保高质量优质服务的必要条件。我们要千方百计强化技术支撑，尽最大努力降低流产率、提高妊娠率，确保母婴安全。"

建体系、做规范、定流程和技术质量标准这一系列工作都离不开专家，但仅仅具备专业知识的专家是难以承担起这项复杂性极高的医学任务的。这不仅仅是一项医学任务，更涉及社会和环境的各个方面，涉及每一个参与者的个人素质，而且具有极大的挑战性，没有报酬、没有荣誉，却需要有持久的爱心并倾心付出，不言苦累，只在其中。

专家指导组成立

遴选专家虽然是省人口计生委主导的，但参加专家组是以自愿为基础，并根据专业需要统一遴选。遴选的首要标准是具有爱心、愿意付出并能坚持下去。2009 年 3 月，省人口计生委调整了省级再生育技术服务专家指导组，由四川大学华西第二医院、成都中医药大学第二临床医学院附属医院、成都市计划生育指导所、四川大学心理健康教育中心、四川省绵阳市妇幼保健院等机构的妇幼医学、生殖医学和心理学、社会学等领域的 32 名专家，联合组成了“四川省级汶川特大地震中有成员伤亡家庭再生育技术服务专家指导组”。调整后的省级再生育技术服务专家指导组，以生殖医学、妇科、产科方面的专家为主，又把心理学、社会学和基层计生技术服务机构和医疗机构的专家纳入，这样的专家团队结构更为合理，力量更强。2010 年 2 月，专家组再次向省人口计生委提出增加专家组成员的建议，成立了有 53 名专家的省级专家组，并形成妇产科、辅助生殖技术、产前筛查和产前诊断、生育力评估、男性科、儿科、心理咨询、中医等 8 个专家组，华西第二医院参与的全国知名专家达 17 名，萌姐和黄萍继续担任组长和副组长，我是专家指导组成员，但因为妇产科的工作量大，萌姐要求我组织好全省妇产科专家的优质资源。

记得在调整后的第一次四川省再生育技术服务专家

指导组的会议上，萌姐对专家们说，要发扬“执着、创新、求实、协作、奉献”的精神，发挥每一位专家的所长，积极努力，卓有成效地推进省级再生育技术服务专家组各项工作的顺利开展，为四川省再生育技术服务取得阶段性成效作出突出贡献。

2009 年 4 月 23 日，四川省再生育技术服务
专家指导组工作会在华西第二医院行政楼举行

全省计生和医疗系统统一成立了一个大的专家组，并按照在项目中承担的任务分为项目协调组和技术指导组。协调组负责整个项目的组织和实施，由各地震灾区计生、卫生系统行政或业务领导担任，具体责任落实到地区。技术指导组由省级以上的专家组成，专业涵盖再生育服务所需的各专业领域，兼顾灾区当地的医疗卫生

专家，承担技术支持工作。专家组在省人口计生委的直接领导和授权下开展工作，实行项目首席专家负责制，兼顾专业领域，定点到灾区，每个专家的技术支持又是借助各专家所属医院的强大医疗资源，形成了以点带面的医疗支持系统。

专家组有相对稳定的工作模式：灾区划片，有相对固定的专家团队（配齐各个专业）负责项目实施；再从中抽调专家形成应急专家团队，处理紧急情况和突发事件，建立应急机制；建立定期双向信息反馈机制。

在专家指导组会上，萌姐明确提出了专家组的管理机制，要确定“明确职责、分片包干、分片指导”的工作原则，会上具体将专家们划分成了 3 个小组，分别负责不同区域的再生育技术服务指导工作，建立覆盖四川全部灾区的再生育技术服务指导网络，要求专家组的工作在严格的工作流程指导下有条不紊地开展。

温家宝总理强调决不能出现再生育孕产妇死亡的情况，但要做到是非常困难的。

地震造成北川部分地区形成了大面积堰塞湖泊。据测算，共有 34 处堰塞湖危险地带。唐家山堰塞湖是汶川大地震后因山体滑坡形成的最大的堰塞湖，距北川县城约有 6 千米，也是北川灾区面积最大、危险最大的一个

2009 年 2 月，胡丽娜在北川

堰塞湖。

北川有几个灾情极为严重的乡镇，因堰塞湖的形成，使高危孕产妇转运困难。这就给我们提出了更高的要求：所有抢救、转运预案必须严谨并具有可操作性。在讨论方案的时候，我们真正感觉到专家的意见在政府层面上得到了高度的重视，这是我们从医 30 多年从未感受到的。

吹响再生育工程的集结号

伴随着专家指导组的成立，再生育工程的集结号也被吹响，这项史无前例的伟大工程正式上路。

再生育工程吸引了全省许多知名专家和青年医生的参与，并得到很多有爱心的香港特别行政区专家的积极响应。

北京大学第三医院院长、全国著名妇产科学和生殖医学专家乔杰院士多次到灾区，对灾区的情况非常熟悉，2008 年 7 月 30 日，她亲自参加了在成都市举行的国家人口计生委再生育全程服务行动项目的启动仪式。

2010 年 4 月 18 日至 19 日，北京医科大学廖秦平教

2008 年 7 月 30 日，乔杰院士（左四）等参加
国家人口计生委再生育全程服务行动项目启动仪式

授率领中华医学会感染学组的专家们——天津医科大学总医院薛凤霞教授、西安交通大学安瑞芳教授、中山大学张帝开教授等——深入到地震重灾区北川县，对再生育对象进行义诊，并对基层医务、计生人员进行生殖道感染规范化治疗的培训。

廖秦平教授率中华医学会感染学组成员到北川举行义诊活动

2010 年 12 月 30 日，著名生殖医学专家李尚为教授邀请中华医学会生殖分会专家们——山东大学陈子江教授、中山大学周灿权教授、重庆妇幼保健院黄国宁教授等对绵竹市再生育服务对象的疑难病案进行会诊。

2010 年 12 月 30 日，中华医学会生殖分会
专家们为绵竹市再生育服务对象义诊

香港大学刘宇隆教授和涂文伟教授不仅多次到灾区，还带来了由香港弱能儿童护助会资助的“四川地震灾区儿童疫苗预防接种项目”，该项目由四川大学华西第二医院、香港大学医学院、都江堰市疾控中心、绵竹市疾控中心共同合作完成，为四川地震重灾区都江堰市和绵竹市 3 个月至 2 岁的 14000 名婴幼儿免费进行轮状病毒疫苗接种，控制并减少轮状病毒性腹泻的发病率，关爱灾区儿童身心健康，提高灾区儿童的生活质量，促进他们健康成长。

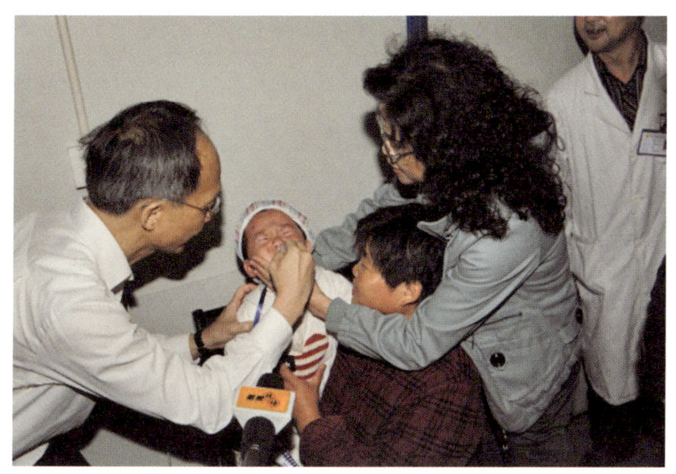

2009 年 9 月 30 日，香港大学刘宇隆教授（左一）
和毛萌教授（右二）在什邡

2009 年 9 月 30 日，香港大学涂文伟教授在什邡

国际儿科学会会长陈作耘教授也专程赶赴灾区调研；北京儿童医院胡亚美、张金哲等也来到灾区调研和视察。

最令人感动的是有很多的老专家也情系灾区，华西第二医院妇产科赵晓文、韩字研、谢蜀祥三位老教授多次到灾区，培训、义诊都可见到她们忙碌的身影。

他们，激励着我们为灾区的家庭重建不懈努力。

没有谁能拒绝伟大的感动，这也让我们每个人学会善待这个世界，让爱穿梭于心灵的缝隙，把爱汇进灵魂深处。

（胡丽娜）

2　他们需要有效的一对一指导

有言道，提纲挈领，纲举目张，说的就是顶层设计的意义。顶层设计是整个再生育项目成功实施的关键所在。

面对分布在10万多平方千米土地上的6000多个失独家庭，我们仅有的32名省级专家组成的专家小组，如何在最短的时间内以最快的速度建立覆盖四川全部灾区的再生育技术服务指导网络？

就是说，在工作量巨大，而有效人员少的情况下，工作方案的顶层设计就是整个项目成功的关键。在当时特定的环境下，集政府管理者和专家们的双重智慧，形成一套切实可行的工作方案是重中之重。

地震灾后重建是政府工程，再生育全程技术服务指导也是政府工程。而且再生育工作有其特殊性，即必须要有专家对再生育家庭进行一对一指导。如此巨大的家庭数据，要做到一对一指导是十分巨大的工作量，而要做到精准指导还需要精密的组织架构。

于是我们分析所需的和所能获得的资源，最终提出了“整合政府与专家资源，同时并举，撒网式形成实际的‘一元二式结构’”的想法，并重点做了以下几件事情。

梳理政府资源。我国已经建成的强大的卫生计生信息网络是开展工作的基础。

一般情况下，从这个网络可以将信息传达到各级市、县、乡的监测点。虽然地震发生后网络遭到破坏，有些地区的监测点被完全摧毁，各级计生站也遭到严重的破坏甚至整个消失，但每一个县甚至镇都还有人员在坚守。再生育工程需要全省多部门合作，包括计生系统、各级财政系统和全省卫生系统以及当地的党政部门，如何将此庞大的工程做好，不是政府部门开几次会、下几份文就可以完成的，它需要一个统一的指挥部门，这个部门负责协调其他各个部门，一起来实现目标。

根据我国现有的计生服务网络系统的特点，四川省人口计生委发挥了巨大的作用，从省人口计生委发出的指令都得到了层层落实，灾区各级计生管理部门是最直接的管理者，并通过它来进行协调，最终形成了一套行之有效的管理办法。

梳理专家资源。再生育的业务单位由四川大学华西第二医院牵头，联合四川省生殖卫生学院附属医院、成都市计划生育指导所、四川大学心理健康教育中心、四川省绵阳市妇幼保健院等机构的妇幼医学、生殖医学和心理学、社会学等领域共32名专家，组成了“四川省级汶川特大地震中有成员伤亡家庭再生育技术服务专家指导组”。专家组又分为若干小组，妇科组由胡丽娜教授担任组长，辅助生殖技术组由杨丹担任组长，生育力评估组由黄萍担任组长，男性科组由岳焕勋教授担任组长，儿科组由毛萌教授担任组长，中医组由陆华教授担任组长，心理咨询组由格桑泽仁教授担任组长。再生育专家组办公室则由王海英担任主任，其成员包括卫波、赵成元。不同专业的专家联合行动，形成一条完整的服务

“链”，在每一个环节出现的问题都由相应的专家小组负责解决，这样不仅可以提高工作效率，还能让失独家庭感受到政府的关怀。

创新“二元结构”的管理模式。专家小组提出并创新了再生育工程著名的管理模式，即“一元二式”管理模式，简称“二元结构”，并确定了总体实施思路和模式。

记得在讨论工作模式的时候，丽娜和黄萍以及专家组的主要骨干都指出，再生育工程，它不仅仅是一种医疗技术服务，还是涉及灾区失去孩子、致残孩子家庭实现再生育一个健康孩子、重建幸福家庭的愿望的大事，也是维护灾区稳定和谐和灾后重建的大事。

这样一个重大工程要实施，而且要科学化、合理化，在管理模式上就需要大胆创新。专家组当时接受任务的时候，形势十分严峻。在反复对灾区基层状况进行调研的基础上，专家小组挑灯夜战，反复分析、讨论，几易其稿，最后形成“一元二式”的管理模式。“一元”即以让失独家庭再生育一个健康孩子为目标，“二式”即多个行政系统合作和专家技术服务的“两条腿”（二式）工作方式，二者结合形成政府指令与专家指导的交叉网络，互为补充，以实现再生育工程的目标。这一创新模式，最后简称“二元结构”。

“二元结构”是行政与专业智慧的结晶，这种碰撞，发射出强大的信息：政府与专家团队的相互信任和支持。这种结构具有丰富的内容。

搞好政策实施。本着以人为本、特事特办的原则，制定好相应的配套政策。根据四川省人大常委会《四川省人民代表大会常务委员会关于汶川特大地震中有成员伤亡家庭再生育的决定》（以下简称《决定》），四川省人口计生委随即下发了《关于实施〈四川省人民代表大会常务委员会关于汶川特大地震中有成员伤亡家庭再生育的决定〉的通知》，进一步明确了灾区再生育服务工作的政策口径和工作程序，方便群众申报和基层操作。《决定》还提出开展政策培训，同时，尽快摸清有再生育需求的失独家庭的数量。

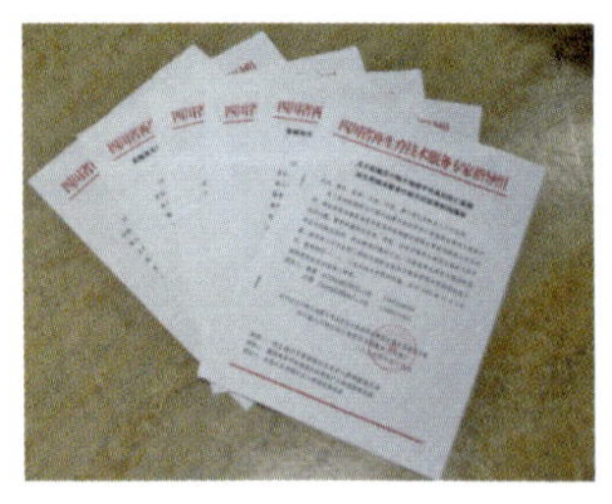

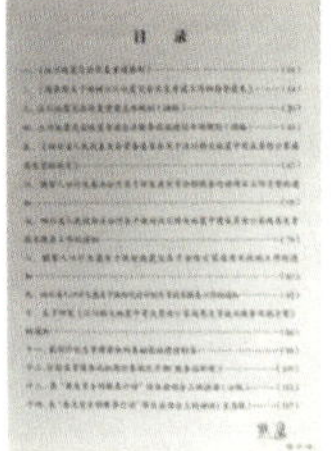

与再生育项目有关的文件

配强服务力量。在政府和专家两条线的推动下，各级各有关部门、医院、妇幼保健院都积极落实专门的服务机构和技术过硬的专业人员。我们的做法是先确定当地的服务机构，然后组织专家对机构人员进行相应的指导，最后挑选出合格的人员，落实任务后，有针对性地开展技术培训。

开展全程服务。全程服务是一个逐渐完善的过程。“记得第一次去都江堰向峨乡，现场一片混乱。”黄萍谈体会时说，“一开始以安慰和心理指导为主，然后逐渐转入规范。”

经过大约半年的摸索，最终采用了以再生育家庭为中心的方便快捷、简单可行、最大限度利用专家资源的服务模式，实施了以政府为主导的“五个一”的工作机制。

一是“一站式”服务。县级人口计生部门对再生育申请对象的审核、发证实行“一站式”服务。北川、汶川等县还在人口集中的乡镇计生办设立再生育审批点，对交通不便的农村地区实行上门审批、发证。有了这个“证”，再生育家庭就可以“一路畅通”得到相应的服务。

二是“一卡通”服务。再生育服务对象凭“再生育服务卡”，既可根据自身需要选择服务机构，又可免挂号、免排队，优先享受专家服务，也可以在对口的医院用“绿色通道”来对接。

三是“一对一”服务。对每一个再生育服务对象都实行专人联系、专业服务、专家指导。尤其是评估后再怀孕难度较大的家庭，都采取专家主动上门的专业服务。

四是“一月一随访”服务。对每一个再生育服务对象，做到每个月至少随访一次。将有高危指征的孕妇，列为重点服务对象，定期上门服务。我们还制订了应急预案，免费提供交通工具。怀孕后，孕期定点保健；分娩后，人口计生干部第一时间到产床前，送上母婴用品“大礼包”。

五是建立“一家一档案”。为再生育服务对象逐一建立再生育服务电子和纸质双档案，做到一家一档，全程记录。最终落实的有再生育意愿的妇女为5807人，并都建立了再生育档案。

强化保障措施。一是专题研究部署。二是坚持月报制度。人口计生部门对再生育服务工作进展情况实行“一月一报”，定期分析，查找问题，落实措施，加强指导。三是开展巡回督查。四是用好专项资金。

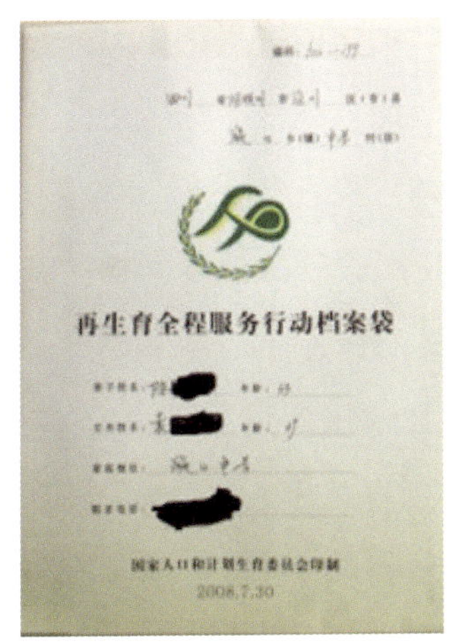

汶川特大地震再生育技术服务项目部分实物

建立了覆盖全省的专家技术服务指导组，就可以在此基础上确定定点医疗服务机构，建立全省技术服务网络系统了。

省、市、县确定了 140 多家具备相应资质的计划生育服务机构、医疗卫生和妇幼保健机构，并让它们承担再生育技术服务工作。各级定点机构设有醒目标志、服务指南和专人接待，并建立了“绿色就诊、转诊和会诊通道”，方便再生育服务对象就诊、检查和治疗。

接受专家组对全省再生育技术服务的指导也是保障措施之一。专家组以科学、务实的精神制定再生育技术服务实施方案，使全省再生育技术服务更加科学合理。专家组还制定了全省统一的再生育技术服务指导手册，包括技术服务流程、生育能力评估、降低流产率、辅助生殖技术条件、工作安排等。

根据灾区的实际情况，专家组分成若干小组，分片包干，明确各小组主要任务，按照统一的方案进行再生育技术服务，发挥专家组作为再生育技术服务的骨干作用，彰显国家、省级和市级医院和计生所的技术能力。

专家组会定期和不定期进行交流，总结工作经验，并针对开展生育力评估、努力降低流产率和提高妊娠率等工作中存在的困难和问题深入分析讨论，提出解决办法。他们还多次到基层开展义诊、生育能力评估、人员培训，极大地提高了再生育工作的效率。

专家组还利用自己的能力带动全国以及本单位的优质医疗服务资源，有针对性地为难以怀孕的再生育服务对象进行一对一特殊服务，提高妊娠率。同时，专家组提出需求，在省人口计生委的领导下，建立了再生育服务信息系统，为再生育服务信息的收集、分析、统计和报送带来极大的方便。

（毛萌）

3　传达关爱的全方位服务网络

地震涉及的范围太大了。

山区，边远地区，少数民族地区……共 237 个县。

汶川地震的震中烈度高达 11 度，10 度区面积大约为 3144 平方千米，9 度区的面积约为 7738 平方千米，9 度以上地区破坏极其严重，也是伤亡的主要地区。

在这样一个区域开展再生育工作，有一个好的连接顶层设计和具体实施方法的结构无疑太重要了。

二元论就是在这样的背景下创新出来的思想。其具体措施如下。

首先，搭建“梯子”结构。中华人民共和国成立以来，我国公共卫生最大的成就之一，就是三级医疗卫生服务网络的建立，尤其是三级妇幼保健网络的建立。这个网络，如满天星星，照耀每一个乡村。

地震使房屋倒塌，人员伤亡，但网络仍在。政府仍然在有效地运作。

专家的数量是有限的，但专家的创造力和工作潜力是无限的。专家与卫生战线的基层工作者情同手足，从上到下，信息流通，相互信任，相互支持，没有真空。

如果将政府的三级医疗卫生服务网与专家/专业人员队伍的临床与保健功能有效整合，政府的指令和专业人员的访视即可迅速到达每一个受灾的角落，到达每一个家庭。

政府是梯子的一边即“一元”，专业团队是梯子的另一边即“第二元”。有了两边即“二元”，中间加上横杆，就可以将两边连接起来，上下自如了。政府的指令顺畅，专业团队的工作也通过横杆层层建立，通向每一个有成员伤亡的家庭。“二元论”的提出，在实施再生育的过程中发挥了重要的作用。

其次，发挥政府的作用，及时让每一个家庭知晓政策。制定地震灾区有成员伤亡家庭再生育技术服务的政策，体现的是政府对每一个家庭的关怀和关爱，这种关怀和关爱将和政策一起通过卫生服务网络、妇幼保健网络及时下传到每一个村子。

有了政策，专业团队的工作方式和方法就直接关系到具体政策的落实。于是，以省级专家为主的专家队伍制定了详细的工作方案和计划。层层培训是最主要的手段。再加上各个层面政府与卫生机构和专业人员的合作（横杆），一个完整的以“二元论”为基础的工作框架就搭建起来了，极大地提高了工作效率，且成效显著。

第三，发挥专家的作用，让其努力与每一个家庭面对面。唯有坐在了专家的面前，那些失去孩子的父母才会重拾家庭重建的信心。

如何让更多的基层医护人员成为百姓信任的“专家”？培训。专业培训。培训就是让基层相关的医护人员以及相关的政府公务员集中学习一段时间，对他们进行理论培训和实际操作的技能指导，让他们掌握一些再生育相关的知识和技能，以便更好地适应再生育工作的需要。

培训在一定程度上就成为专家组的主要任务，就如同布局，把棋子放在该放的地方，最后赢得胜利。

最后，做到信息互通，用“横杆”提升效率。再生育工程是政府与专家团队通力合作的典范。当政府打电话说要去某个县某个乡的时候，专家们总是立即响应，毫不犹豫。一次集中培训，达到了学习政策和技术的双重效果。

记得有一次在绵阳开展一次较大的培训，北川、汶川等地的基层医生都要赶过来。专家负责针对性的培训计划和示范教学，政府负责通知各地的基层医生，并负责统计缺席人员，然后告知专家指导组，让他们下一次到当地的时候，再给缺席人员补课。

当专家给再生育对象进行义诊的时候，常常遇到很多需要政府解决的问题，如异地看病的医药费、交通费等。当这些问题解决后，专家负责通过绿色通道，安排再生育夫妇到医院就诊，争取一次性解决更多的问题，减少往返的次数，为再生育家庭排忧解难。

专家指导组的组长们都有各地人口计生委领导或负责人的电话，随时通报各种问题，提出共同的解决方案。当地人口计生局的行政人员，也会经常告知专家组一些重点再生育对象的近况，这对他们再生育的成功非常有帮助。

正是政府与专家组的相互支持、沟通、理解和为着共同的目标一起努力工作，才有了再生育项目的全面推进和完成。

（毛萌）

4　每一个流程都不能犯错

宋丹丹在她的小品中曾经提出过一个问题：“要把大象放进冰箱总共分几步？”答案是：“第一步打开冰箱，第二步放进大象，第三步关上冰箱。”看起来很好笑，其实这也是一个流程设计的问题。

要让那6000多个家庭拥有血脉的再延续，是多么美好的愿望！这还真像要把大象放进冰箱里那么不可思议。遇到困难时，人们总是期待有毫不费力的解决方法，但往往事与愿违。要想获得成功，必须朝正确的方向迈进100步，而每一步都可能很小，但须一步接一步地去走，不能犯错、不能松懈，人人都需100%的投入。

或许，很多人认为我们只要准确诊断，辅以高超的技术以及关怀他人的善心就能很好地解决医疗的问题。但医学的空白点仍然很多，生殖领域是其中之一。再生育本来就是涉及专业面很广的一门亚专科。而地震后的再生育工程，涉及的面就更广，参与人员之多，情况之复杂前所未有。我们面临各级政府层面、各个政府职能部门的提问，面临计生和医疗机构的配合，面临各个专业专家来自不同级别医院等诸多问题。每个人每天的日常工作都是非常繁忙的，时间很容易被日常的事务性工作淹没。

要确保我们的努力与付出是有成效的，就必须确保项目顶层设计的方向是正确的，流程是合理的，实施是坚定的，且能够根据实情不断推进、改善和提高。

正视现实，以问题为导向展开设计。我们首先坚持以问题为导向去设计解决问题的规范化流程，然后在流程执行过程中去发现新问题，保证一个个流程的互补性和支撑性，实施持续改进。

萌姐对我说：小胡，这个项目与妇产科最为密切，流程设计你必须盯着，并牵头领军令状，不然任何方向性差错都会影响项目的实施和完成。这时候的她完全是以组长的口吻来下达任务的。

专家组针对基层和相关医疗机构在再生育技术服务中服务不规范等问题，根据再生育技术服务的特点，在较短的时间内就编写出了《四川省再生育技术服务规范化流程》，在这个大流程的框架下，制定了从0、A到D的具体流程。

在所有流程中，再生育孕前保健服务流程、A1再生育治疗流程简表和A2北川再生育妇女的生育状况评估和诊治流程最能代表项目的核心内容。

四川省再生育技术服务规范化流程

目　录

再生育孕前保健服务流程

A1 再生育治疗流程简表

A2 北川再生育妇女的生育状况评估和诊治流程

B1 节育夫妇再生育诊疗流程

B2 灾区孕妇产检及转诊流程

B3-5 未节育夫妇诊疗流程

B3 盆腔炎或输卵管不通病史者诊疗流程

B4 月经相关不孕诊疗流程

B5 男性因素不孕诊疗流程

B6-8 流产处理的工作流程

B6 再生育妇女流产处理工作流程

B7 流产病因筛查的工作流程

B8 高危流产妇女受孕后的工作流程

C1-5 人类辅助生育技术流程

C1-夫精人工授精 AIH 流程图

C2-供精人工授精 AID 流程图

C3-体外授精-胚胎移植流程图

C4-卵胞浆内单精子显微注射

C5-赠卵流程图

D 产前筛查与产前诊断技术服务工作流程

D1 产前筛查与产前诊断技术服务总工作流程

D2 产前筛查与产前诊断技术分类工作流程

D3 产前筛查服务技术服务工作流程

D4 产前诊断技术服务工作流程

D4-1 胎儿细胞遗传学检查工作流程（羊水染色体）

D4-2 胎儿细胞遗传学检查工作流程（脐血染色体）

D4-3 胎儿分子遗传学检查工作流程

D4-4 产前超声系统诊断工作流程

D4-5 产前超声心动图诊断工作流程

《四川省再生育技术服务规范化流程》中的孕前保健服务流程将孕前健康教育与咨询、孕前健康状况检查和孕前健康指导科学地融合；A1 再生育治疗流程又将节育夫妇、初诊检查后可以自然妊娠夫妇和未节育且初诊检查怀孕障碍夫妇三个不同群体进行分层管理；A2 北川再生育妇女的生育状况评估和诊治流程则是根据个体的生育力评估结果，找到诊治方向后将再生育对象分流到具体诊治流程中，做到精准治疗。

编写培训教材，扎实开展培训。在制定流程的同时，专家组还编写了适宜于基层再生育服务人员和再生育对象的两套教材。流程编制成册后与教材一道迅速印发到灾区计划生育技术服务机构和从事再生育技术服务的医疗技术服务人员。针对灾区卫生能力的薄弱环节，专家组对灾区基层妇幼卫生技术人员提供流程、技能培训和技术指导。

2009 年 6 月和 7 月，专家们先后在都江堰市、什邡市、绵阳市、青川县、北川县等地为 460 余名技术服务人员培训了“再生育技术服务”的知识和技术，包括“孕期保健”“早产的防治”“孕期生理卫生”“正常分娩及其产程处理”“生殖道感染的预防和治疗”等专题讲座 20 余次。

2009 年 10 月至 12 月，专家们又分别在成都、德阳、安县、青川、汶川、平武等地举办了“生育力评估培训班”。专家组还根据各地开展再生育技术服务的要求，组织为再生育服务对象和基层干部及从事再生育服务的工作人员开展专题讲座，在都江堰市就提供再生育优生及孕期保健咨询和讲座达 600 多人次，还对北川县 180 多名机关干部开展专题讲座。讲座专家还深入到青川县木鱼镇、映秀镇和平通镇等极重灾区，为再生育对象开展面对面的咨询、义诊和心理干预。

为让再生育对象理解和配合，专家们采用多种方式，从不同渠道宣传、普及孕前、孕期和产后保健、婴儿喂养等科普知识。四川大学华西第二医院编印了《妇女儿童健康小常识》科普知识读本1000册，免费向再生育服务对象发送。

北川是再生育工程中难度较大的地区，当时有生育要求的家庭达到1400个，占全部灾区的23%，而且高龄妇女较多。四川大学华西第二医院与北川签订了“定点机构再生育技术服务协议书”，医院专门开设绿色通道，对再生育对象实行挂账式免费服务。除专家定期到北川以外，还派医生驻扎在当地指导。截至2010年1月底，北川开展专家及技术人员咨询17099人次、孕前检查6965人次、孕前保健2877人次；584名妇女妊娠，345个新生命诞生，成果令人欣慰。

希望之门正在打开。我们也在努力把这几千个希望全部放进去。我们任重而道远！

（胡丽娜）

5 责任心驱使执行力

SMART 原则使执行力得以诠释（Specific-Measurable-Attainable-Relevant-Time based），但如果没有责任心的驱使，执行力是不完整的。

当再生育工程的思路、顶层设计和流程设计确定之后，强有力的执行力就是最后成功的保证。

执行力，在当时的情况下，不仅仅是专家个人的执行力，还是专家所在医院、保健院、计生所以及学院的执行力。

在一片废墟上开展再生育工程谈何容易。专家们的日常工作不能停，不能少，再生育服务工作又时间紧，任务重，如同天平的两端，为了保持天平平衡，必须严格按照“计划”推进，一天都不能耽搁。

爱心传递，能量释放

要求专家组里一号难求的专家们，牺牲自己的休息时间，甚至放弃一些可以“挣奖金”的机会，以灾区再生育工程为重，同时在执行过程中不放弃，不推脱，不说苦不谈累，就必须以身作则。高调地做公益，让身边的人跟着干。

记得地震后，我身边的医护人员为了病患，奋不顾身，一趟趟地把病人从住院部的楼上抬下来、背下来、抱下来，送到安全的地方，好多同事的脚底因为不停地奔跑起了水泡、血泡。手术室的医生在地震时的第一反应是扶住躺在手术床上的病人或孕妇，减轻震动对他们的影响，防止他们从手术台上摔下来。当天夜里，几乎所有的主任和大部分医护人员都没有回家，而是选择在医院陪伴自己的病人。新生儿重症病房、妇产科重症患者都得到了不间断的照料和治疗。那一帧帧画面，那一张张生动而疲惫的面孔，至今仍然印刻在我的脑海里。

地震当天的深夜，当我坐下来的时候，才发现自己的脚已经剧痛到无法从鞋子里拔出来了。医院当时的办公室副主任小聂，冒着再次发生余震的危险，爬梯子到 5 楼将我放在办公室的宽松平底鞋拿来给我换上。

5 月 13 日和 14 日，医院医护人员自发地去都江堰等灾区协助当地的医疗工作；5 月 15 日，我带领的医疗队一行 12 人到达北川参与救援；接着，一批又一批的医护人员和行政管理人员奔赴灾区，在需要他们的岗位上付出：麻醉、手术、消毒、防感染（夏天正是感染性疾病容易传播的季节）、看病诊疗……没有一个人叫苦叫累。

这是我们专家团队完成再生育全程技术指导服务的精神支撑——爱与坚持，明白事理，无私无畏地付出。

以身作则，知行合一

自担任专家组组长后，我几乎全部的节假日都是在灾区度过的。其他专家与我的情况差不多，都放弃了休息时间，吃、住、工作都在灾区。

我所在的医院，从2009年1月6日至2010年3月31日，组织派出专家队35批次185人次奔赴灾区，行程约21110千米，为北川、青川、什邡、绵竹、都江堰、崇州、剑阁、平武、汶川等灾区约3605人进行妇科检查、宫颈癌筛查、再生育评估、优生优育咨询和义诊。每一次，只要我能去，我都去。

重建灾区医护人员队伍，提高他们的工作水平。这一点非常重要。比如，当时北川妇幼保健院，地震后只剩一个妇产科医生和一个儿科医生。而且，两个医生都有亲人在地震中伤亡。儿科那位医生情绪很不稳定，每天借酒消愁。他们自身也处于痛苦之中难以自拔，心理也受到极大的打击，有的甚至有明显的心理障碍。可见解决医护人员自身的心理问题必须放在首位。

给再生育家庭讲解再生育工作的流程，帮助他们尽快进入流程。在北川的时候，好多失去孩子的夫妻文化程度不高，年龄偏大，对再生育一个孩子信心不足。还有的夫妻对很多问题理解上有困难。我们的任务之一就是告诉他们如何得到服务，怎样保持与政府和专家的联系，确保每一个家庭都能够熟悉流程。

开展以个性化为主的服务，提高再生育妇女的妊娠率。开展再生育工作有很多难点，专家组就如何提高工作效率，并把服务送到每个再生育家庭反复开会讨论，最后达成共识。即开展“面对面”和“一对一”的个性化服务。因为每一个家庭所面临的情况都是不一样的，如孕妇的承受力、年龄、生殖条件等都是有差异的，所以开展个性化服务是必要的，也是关键的。具体做法如下：

一是全面开展咨询指导和服务。在开展再生育服务工作的早期，要把重点放在对灾区再生育对象的健康体检上，为他们提供心理咨询与优生优育指导，促进自然怀孕和分娩。比如，加强对基层医务人员的培训，让他们能对孕前、孕中和产后的母婴双方提供及时的产前诊断、孕产保健和新生儿护理工作，以确保部分震后已经成功怀孕或分娩的妇女和儿童的健康和安全。

二是开展有针对性的服务。当时的情况是，灾区再生育妇女妊娠后流产率极高，且高龄孕产妇又较多，部分妇女甚至可能不能自然怀孕，这些问题都需要医护人员深入灾区，针对每一个再生育妇女的特点开展有针对性的技术服务，这些工作主要包括：分析流产原因并进行干预；评估未成功怀孕妇女的生育能力；对高龄再生育人群开展产前诊断和遗传咨询；指导怀孕困难妇女实施生殖助孕技术等。总之，具体问题具体分析，制定个性化的方案，形成“一对一”的技术服务模式。

三是改变服务方式。大地震之后，灾区的妇幼卫生服务能力几乎遭到毁灭性的破坏，而灾区是需要再生育技术服务的最前沿阵地，这就在一定程度上加大了再生育服务工作的难度。鉴于此，专家们在指导建立绿色转诊会诊通道的基础上，自觉将技术服务的关口前移再前移，将部分医务人员、医疗设备甚至采血检查、投递检验报告等服务送到灾区一线，不定期派出专家到再生育服务任务重的乡镇、村、社区开展义诊活动，切实地服务灾区再生育妇女，使她们感受到党和政府的关怀以及医务人员的无私大爱。

四是派出专家驻点服务。华西第二医院、成都市计划生育指导所等，都派出再生育技术专家驻扎重灾区北川县、都江堰市等，直接指导和援助当地的再生育对象与再生育基层服务组织，受到了灾区群众和医疗同行的赞誉。

开展现场科学研究，提高妊娠率。我们在灾区开展调查研究时发现，再生育妇女的受孕、怀孕、流产等都呈现出非常不一样的特征。因此，胡丽娜教授牵头，开展了以降低流产率、提高妊娠率为目的的科学研究，建立再生育信息网络，收集整理各种相关信息，及时指导全省计生、卫生基层医务人员的再生育技术服务工作，提高服务能力和时效性。

这项研究得到了国家人口计生委、四川省科技厅的大力支持，共特批专项经费 90 万元。研究开展虽然遇到不少的困难和问题，但获得了十分有价值的成果：基本明确了再生育服务对象不同时期的心理状况、怀孕困难的类型、再生育技术服务存在的问题；根据结果制订并实施了干预计划，有针对性地开展了再生育评估工作；重新审核并设计再生育评估标准和统计表格，统一组织省级再生育专家到地震重灾区开展一对一个体化服务，进一步收集研究资料，并特别加强了基层医务骨干人员的培训。

在实际的再生育工作中，专家们将自身的专业性与实际工作中的特殊性相结合，使其工作呈现出新的特点。

其一，工作思路清晰。四川地震灾后有成员伤亡家庭再生育技术服务专家指导组，制定了总体工作思路，充分调动和整合了全省与此相关的优势资源，抓住关键，目标一致，分工协作，整体运行，创建了将行政管理与专业技术应用相结合的独特的工作模式。

其二，调查研究，整合资源。以华西第二医院妇产科、儿科国内外知名的妇幼医学专家为主要技术力量，联合全省专家，深入地震重灾区北川、绵竹、都江堰、什邡、青川等地区开展调查，获得第一手准确数据，以提高再生育服务对象的妊娠率、降低流产率、安全分娩为目的，制订全省再生育技术服务整体方案，标化流程，制订培训计划，强化服务意识。

其三，阵地前移，实地工作。专家在北川、青川、都江堰、绵竹、什邡、绵阳等地震重灾区培训妇幼卫生和妇联骨干，提高基层医务人员的技术服务能力；同时，在这些地区，为所有再生育妇女进行生育力评估；专家将再生育技术服务工作前移到北川地震极重灾区，在北川的各个板房区坐诊、检查，开展再生育评估，并将产前诊断的工作覆盖到全省各个灾区。

专家们在工作中与当地政府和民众建立了十分深厚的感情。直至今日，灾区的百姓们仍然记得专家们的好，记得他们的给予和帮助。他们来成都的时候，总记得把家乡的豆腐乳、猕猴桃等特产带给我们。

感恩我们的遇见和相拥。

（毛萌）

实例：我所认识的田运凤

常言道：儿童就像幼苗，只要有细心的灌溉，就能茁壮成长。孩子是父母的希望，家的完整就意味着天伦之乐存在。灾后再生育，就是让失去孩子的家庭再次获得他们盼望的宝宝，让因失去孩子而破碎的家庭重建。

田运凤，一个非常普通的农民，生活在四川省什邡市蓥华镇仁和村。蓥华镇是什邡市的重灾区，2008 年 5 月 18 日，胡锦涛主席曾到什邡市蓥华镇视察和指导抗震救灾工作。田运凤 14 岁的儿子不幸在地震中遇难，这个孩子在学校是学生干部，成绩优秀，老师和同学都很喜欢他，儿子是一家人的骄傲和寄托。

经过大家的努力，在地震过去 5 个月后，39 岁的田运凤再次怀孕，因为来之不易，田运凤总是小心翼翼，也很少出远门，只在家附近活动，一心一意等待这个新生命的到来。由于她的家族有智障病史，什邡人口计生局就将她列为重点监测对象。

2009年2月15日，刚刚过了春节，我和华西的张迅教授在省人口计生委同志的陪同下，去田运凤的家里，给怀孕5个月的她做产前咨询和检查。虽然地震已经过去了9个多月，但什邡市的灾后重建工作仍在紧锣密鼓地进行着，所以沿途仍然有好多残垣断壁和倒塌的房屋。在车不能开进的地段，大家沿着崎岖的山路前行，路边的蔬菜绿色葱葱，鸡鸭随意自在，这使我感到无论遇到

2009年2月15日，胡丽娜去田运凤家

多大的灾难，生活仍然在继续。到了田运凤的家——那个算是家的地方，是在未完全坍塌的房屋的基础上搭建的临时住地，房顶的窟窿用牛毛毡覆盖，房子四周用油布包裹，尽管我穿着厚厚的羽绒服，但仍能感到冷风的丝丝寒意。

在田运凤略带拘谨的脸上还是可以看出她的高兴和期盼，我仔细问了她的生活和怀孕情况，给她做了详细的体检，并对她进行有关指导。因为她的情况比较特殊，我告诉她需要做羊水穿刺以排除胎儿畸形的可能性，但这个检查，她必须去成都做。她没有问我成都有多远、怎么去、需要做什么，好像一切都有人给她安排，她无需过多操心。

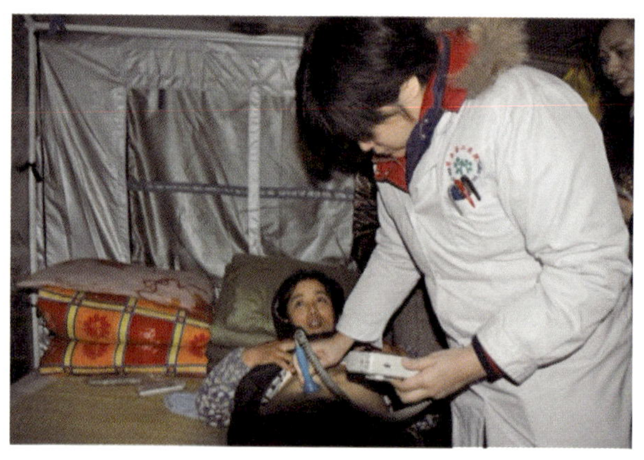

2009 年 2 月 15 日，胡丽娜给田运凤做检查

我们离开时，田运凤显得有点不舍。我们针对她的情况做了具体的方案，包括怎么去成都、华西第二医院的产前诊断专家如何无缝对接以及各种紧急情况的处理预案。她说那将是她第一次去省城成都，当然也是第一次去西南地区的最高医学殿堂。

后来，我在网上看到了《中国人口报》摄影记者潘松刚拍的“再生育档案”中的田运凤的黑白照，黑暗中的那双眼睛我永远不会忘记。

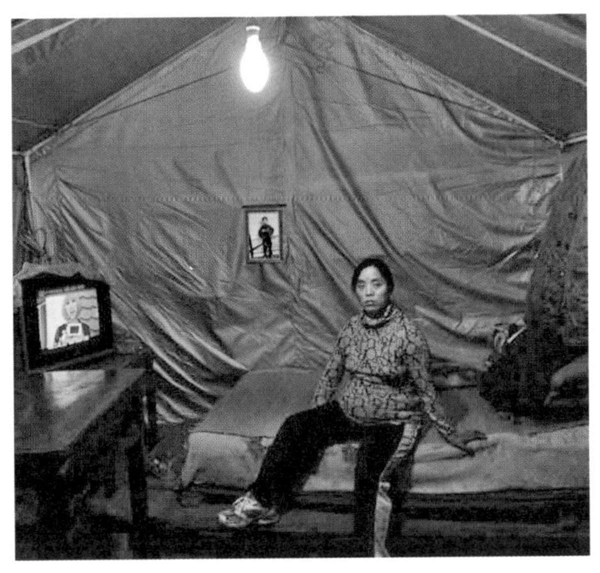

田运凤照片

（胡丽娜）

第三章　孩子？孩子！

一个人只要有意志力，就能超越他的环境。

——《马丁·伊登》，杰克·伦敦

1　108个“罗汉宝宝”

2008年6月21日，华西第二医院组成的妇产科、儿科专家团队和四川大学心理专家一行到达什邡市罗汉寺妇幼保健院的工作帐篷。突然，院长桂逢春跑了过来，气喘吁吁地说：“有一个产妇，胎儿宫内窘迫，需要做剖宫产。”

我们立即到达临时工作地点。在军用帐篷搭建的临时手术室里，王海英主任和刘宏伟教授举着应急灯和手电筒，我和什邡市妇幼保健院的妇产科医生只用碘伏消毒就开始了剖宫产。记得我当时问桂院长，佛教圣地被血污染有忌讳吗？桂院长说，那张手术床就是禅凳做成的。罗汉寺素全法师曾说："每一场灾难都是一个新的开始，我们应该立足当下。新生命代表着希望，他们的到来给其他人带来了欢乐。"

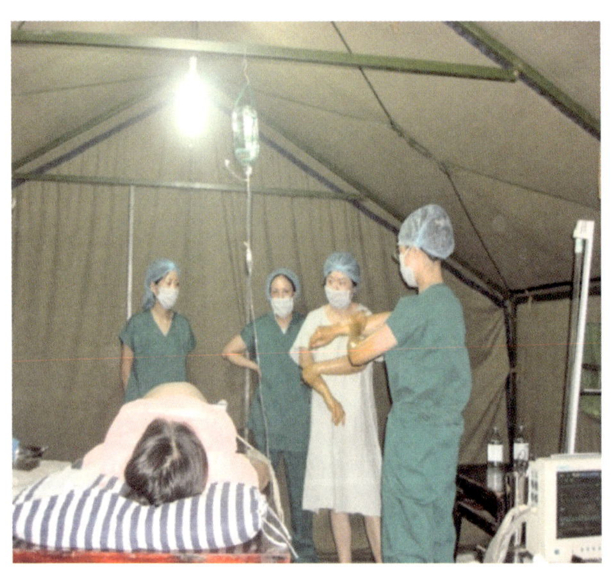

胡丽娜（右二）在什邡市罗汉寺帐篷里为产妇做剖宫产

2008 年 5 月 12 日，汶川地震来袭，什邡市妇幼保健院大楼在地震中成了危楼。什邡市的许多待产孕妇无处可去，罗汉寺方丈素全法师打破佛门禁忌，让孕妇住进该寺，随后 108 个宝宝相继在此诞生，从 5 月 12 日产妇入寺，到当年 8 月 20 日离寺，先后有 108 个孩子在罗汉寺出生，这 108 个孩子，被称为“罗汉宝宝”。

毛萌（左三）和什邡市妇幼保健院院长桂逢春（右三）在罗汉寺

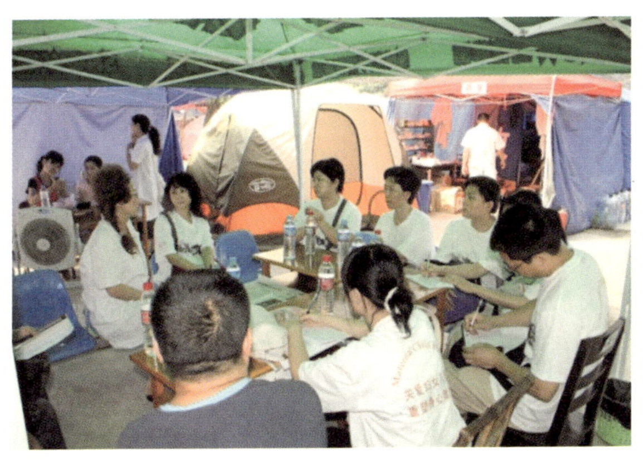

什邡市罗汉寺抗震棚里与桂逢春院长（左一）交谈

什邡市罗汉寺始建于公元709年，是佛教禅宗临济宗的主庙，禅宗第八代祖师道一禅师出家和晚年说法的地方，被誉为“西川佛都”，具有深厚的历史积淀，盛名传颂海内外。该寺因108个“罗汉宝宝”的出生而感动中国，而我也为自己曾在佛光普照的寺庙里、在禅凳上迎接“罗汉宝宝”的到来而自豪。

（胡丽娜）

2　姗姗来迟的张从瑞

光明和希望,总是降临在那些真心相信梦想会成真的人身上。

早春，寒风料峭。到处是坍塌的房屋、被夷为平地的村庄，残垣断壁，满目疮痍。34岁的村党支部副书记、妇女主任肖芳玉挺着四个月的大肚子像往常一样到跟她同样失子的灾民家中做安抚工作。地震后百废待兴，有太多的事情要做，她不可能丢下手中的工作去养胎，每天的工作都是满满当当的，紧张而忙碌。忙碌中她就忘记自己是孕妇了。

这个能干坚强的村党支部副书记，心里装着的是遇灾的村民，每天忙的也是遇灾村民的事。地震发生后，她从来没有休息过一天。白天强忍着失去女儿的痛苦，努力以笑脸帮助疏导和劝慰同村灾民，组织有再生育愿望的育龄妇女去体检，发放救济物资，调解家庭矛盾，安抚失子家庭，平息灾民怒气，帮助灾民解决生活困难，送钱送物送温暖，带去政府对灾民的关怀。群众都享受的救灾物资，她从来都没有领过。她觉得其他灾民比她更需要救助。晚上回到家中，一个人待着的时候，失去女儿的痛苦袭上心来，没有人安慰，没有人关心，丈夫因为失去女儿，麻木了。

地震发生那天，在金山铁厂上班的丈夫张深勇躲过一劫。当他从惊慌失措中回过神来，便骑上摩托车飞快地冲向女儿所在的向峨中学。他赶到时，眼前的情景是何等悲惨啊，几百个鲜活的生命就那样被废墟掩埋了。现场一片混乱，到处都是哭声喊声，躲过一劫的孩子们在惊恐地尖叫，没有找到孩子的家长们在哭喊，其中还夹杂着救护车那令人揪心的鸣笛声，一切如世界末日来临般恐怖。最恐怖的是废墟下还隐隐约约传出“爸爸救我”“妈妈救我”“老师救我”的呼救声。废墟上无能为力的家长们只能眼睁睁地看着被死死压在倒塌的建筑物下面的孩子，听着那让人发疯的呼救声，心如刀绞。巨大的框架构件，钢筋水泥地板，整体的水泥墙体让人们束手无策。张深勇徒劳地在废墟上翻呀扒呀，直到两手血肉模糊……

几天后从倒塌的废墟中挖出女儿的遗体，张深勇没有眼泪，没有言语，他麻木了，他变呆了。他像木偶般听从现场人员的指挥，最后自己把女儿领回家。女儿身上没有任何创伤，神态安详，这个流干眼泪的父亲亲手把女儿擦洗干净，给她穿上她喜欢的新衣裳，最后送她上路。张深勇和肖芳玉夫妇的世界崩塌了！

在那段特别艰难的日子里，他对任何人都不理不睬，对任何事都不闻不问，除了吃饭、睡觉。女儿走了，带走了他对生活的全部希望，开始的时候他甚至蒙头睡了三天三夜，醒来后，他就很少说话，默默无语地面对所有人所有事，什么都变得无所谓，他的心几乎死了。他默默地干活、默默地吃饭、默默地睡觉。

丈夫变成这样，肖芳玉根本就不可能指望他来安慰自己，分担她内心的创伤和痛苦。白天她坚强地去面对繁忙的工作，夜晚她蒙上被子一个人撕心裂肺地痛哭。

再生育专家来了，帮助失子夫妻再生育。肖芳玉想再生个孩子，想让她乖巧的女儿张从雪回来。只要她丈夫还能默默地和她做那事，一切就有希望。

在再生育专家的精心指导下，肖芳玉怀孕了，那时地震过去四个月，她33岁。

当过妈妈的人都知道，孕妇最害怕的事就是孕期出血，那是流产的先兆。而且肖芳玉还是高龄产妇，所以医生一开始就告诫她怀孕初期要特别小心，一定要休息好。只是乡下人没有城里人那么娇气，也就没想过要停歇下来安胎保胎。那时正是夏天，她胃口不好吃不下东西，而且还住在临时板房，卫生条件恶劣，再加上工作劳累，整天东奔西走。

终于，担心的事情发生了：灾后的第一个冬天，这是她在再生育专家的帮助下第一次怀上孩子，怀孕四个月就胎死腹中。这给肖芳玉一记重创，所有的悲伤只能一个人默默承受，她几乎绝望。

第二次怀孕间隔四个月，我花很多时间指导她备孕，这个坚强女人的坚持也深深打动了我。我想了好多办法，准备了好几种预案。功夫不负有心人，肖芳玉又怀孕了。这对她来说真是意外中的意外，是天大的喜事，这次她下决心抛开所有的事，静下心来在家养胎，无论如何也要保住并生下这个来之不易的孩子，这是让她女儿回来的唯一希望了。只是灾区救援任务重，作为干部，肖芳玉做不到袖手旁观，所以时常会做些力所能及的事情，希望能尽绵薄之力。或许是板房居住条件差，或许是卫生条件差，也或许是心理压力大，再加上她是高龄孕妇，27 周的时候，她的孩子又胎死腹中了。这不仅是对她的重大打击，也是给我的当头一棒！

没有后悔，没有抱怨，因为说什么都无济于事，于事无补。怕她想不开，住在医院那段时间，我专门安排人陪侍在她身边，并给她做心理疏导。肖芳玉凄凄惨惨的样子也让我很气馁。没办法，医生病人都得面对这样的事实。

做手术取死胎时，肖芳玉哭着问："孩子在我肚子里好好的，怎么就死了呢？我不相信她死了，黄医生你再好好检查检查呀。"我告诉她："孩子死了，原因很复杂，主要原因是你年龄大。如果不马上取出来会引发大出血，会严重影响今后再次怀孕的。"肖芳玉无助地哭叫着："我又死了个孩子！"她伤心的哭诉、绝望的叫喊深深刺痛了我的心。而我能做的，就是好好安慰她，引产时保护好她的子宫。我告诉肖芳玉，我们一定会尽最大努力，想办法帮助你，别灰心，还有希望。在我的悉心安慰下，她渐渐停止了哭泣……

她的情况引起当地和上级政府相关部门的高度重视，并电话指示要像保护熊猫一样保护她，让专家们无论如何也要想办法帮她如愿生个孩子。这个在灾难面前克己奉公、舍己为人、无私奉献的优秀基层干部、先进模范党员、群众眼里的好人、敢于担当的能人，她的事迹感动了无数人。上级批示，要不惜一切代价，帮助她实现美好生活的愿望。

次年初，肖芳玉又怀孕了，这是地震后她第三次怀孕。由于有习惯性流产病史，又多次做过钳夹手术，医院真把她当熊猫一样保护起来，并专门把她送到技术力量雄厚的华西第二医院住院保胎三个月，情况稳定后才让她回家。

不料怀孕 28 周，有一天她突然感到肚子痛，并伴有少量出血，情况紧急。都江堰计生局派出救护车，警车开道，直接把她送往医疗条件最好的华西第二医院。专家千方百计地为她保住了胎儿，并不准她再出院。

34 周例行产检时，险情再次出现。肖芳玉的丈夫张深勇打电话给我说他老婆要生了。肖芳玉是我一对一的救助对象，这是她不到一年半时间内第三次怀孕，前两次都流产了，情况特殊，我怕有闪失，所以急忙赶了过去。

那天上午 9 点 20 分，常规检查，血压正常，脉搏正常，心脏无异常……陪侍的丈夫张深勇，不会想到会再发生险情。定期产检很多次了，每次都像保护熊猫，怎么可能会再出意外，他一心只等瓜熟蒂落，娃娃呱呱坠地。

然而当彩超检查报告送到主管医生手里时，她头一下子就大了，脸都白了。不愿意看见的危情还是来了！彩超检查发现胎盘组织与子宫之间间隙增大，胎盘后方有异常的低回声区。超声提示中央胎盘异常，有早剥现象。医生的心一下子就揪紧了，那一刻她仿佛听见魔鬼的脚步声在逼近……如不立即采取措施，妊娠中的胎儿可能又会胎死腹中。死亡正威胁着产妇！从怀胎过程的全程监护，到顺利度过怀孕前后期，太不容易了，这次无论如何也要保住孩子，否则后果不堪设想。医生当机立断，立即进行剖宫产手术。

一场惊心动魄的与死神赛跑的手术马上就开始了。

家属签字。丈夫还以为老婆要提前生了，根本就没想到老婆正徘徊在鬼门关。他想都没想就签字了，还问了一句："不会有什么危险吧？"护士回答说："你老婆情况不太好。"他是见过世面的人，觉得医生总爱吓唬人，不就是生孩子吗，有医生在还会死人？

没有更多的时间跟他解释……

张深勇满心欢喜等在手术室外，心情急切地走来走去。男人等待老婆生孩子一般都这样。

9 点 40 分，手术准备就绪。医生走近肖芳玉并安慰她说，没事，有我们大家在，别紧张，放松，你睡一会儿孩子就取出来了，肯定是个漂亮宝宝。这是对病人必不可少的心理安抚。当时肖芳玉眼中那渴求的目光与不知名的泪水，一下子触动了在场专家内心的柔软，让他们顿生怜悯之情。她经历了太多的磨难，承受了太多的痛苦。愿送子娘娘赐给她一个孩子，减轻她心中不能承受之重。

10点15分，手术开始。切开产妇疤痕累累的肚皮，剖开子宫，把浑身血污的小婴儿从血淋淋的腹腔里拽出来，谢天谢地是个健康的男婴。剪断脐带，将新生儿递给护士。护士为孩子清洗，接着又快速用纱布蘸干新生儿口中积液，用手轻拍婴儿的双脚，哇哇的啼哭声响彻手术室。婴儿重2100克。

手术室传出婴儿的啼哭声，肖芳玉的丈夫脸上就露出了笑容。终于生了，不知是男是女。不一会儿，兴高采烈的张深勇和家人就跟着医生把婴儿送到监护室，竟忘记了躺在手术台上的女人……

孩子很顽强，虽然姗姗来迟，但终究还是来了。

张深勇此时满心喜悦，他完全想不到老婆从进入手术室的那一刻起，就已经是一只脚踏进棺材里了……

手术还没结束。这个手术，本是不需要专家亲自操刀的，只是肖芳玉情况特殊，而且从她怀孕之初，就备受专家们关注。何况参与新生命诞生的完整过程，是专家多年的职业习惯。

情况有点不妙，专家的动作突然缓下来。

10点45分，正准备给产妇缝合手术切口时，产妇突然大出血。中央胎盘前置导致大出血，如不切除子宫，将会危及生命。不可预料的严重后果深深刺痛着每一个人。专家们此刻只有一个想法，必要时切除子宫，也必须要保住大人，保住“熊猫”。

10点55分，产妇出血量惊人，达到8000毫升，当时只能一边紧急输血，一边征求家属张深勇的意见。经家属同意后，医生当机立断，准备切除产妇子宫。

11点20分，采取了一系列紧急措施后，结果很让人欣慰，大出血止住了，子宫也保住了。

11点45分，几乎死过去的肖芳玉，终于被专家们从鬼门关拉了回来。

活过来的孕妇心跳血压渐渐恢复正常，只是非常虚弱，微张着嘴巴喘气，脸色蜡黄蜡黄的。母子都平安了。眼前的情景不禁让专家们感叹，每对母子都是生死之交。任何一个环节，少了那一点点幸运，结果都不堪设想。

12点25分，手术终于结束。这是与死神赛跑的惊心动魄的 2 小时 45 分。

母子都平安了。医护人员都情不自禁地为英雄母亲轻轻鼓掌，也欢迎孩子的到来。

生孩子对女人来说就是到阎王殿里走了一趟。从推进手术室那一刻起，儿奔生，娘奔死，前一秒不知后一秒。据统计，全世界每天约有 830 名孕产妇死亡。女人生孩子其实是最危险最危险的事，生与死有时很远，有时也很近。

手术后，产房满地的血迹，被染红的白大褂，轻轻一拧就是一小碗鲜血的纱布……幸好孩子得救了，母亲得救了，所有人悬着的心都放下了。

医生们很欣慰，又一个灾区宝宝来到了人世。

为肖芳玉手术的专家松了口气，但是要等到孩子观察期过后且全面体检报告出来才能放心。毕竟高龄产妇怀孕产子除了存在生命危险，孕育的孩子畸形率也很高。虽然孕检指标还算正常，可谁又能担保不出问题呢？

不管经历了怎样的磨难，肖芳玉的孩子如愿又回来了。为了生孩子，这个可怜的女人差点连命都搭上。

躺在推车上的肖芳玉被推出手术室，我和产妇家属等在手术室门口。看到奄奄一息的肖芳玉，男人满心愧疚地说："我婆娘，为了这孩子命都差点丢了。"这个山里汉子显得很激动，不知怎么表达兴奋之情，激动得有点语无伦次，突然就想到要我给他的娃取个名。“没有你们就没有我们的孩子，你们还救了我婆娘。”这个粗犷的男人从未这样感动过，一定要我给孩子取个名。

十月怀胎凝聚了父亲母亲多少心血多少艰辛多少爱？我不能占有父母这神圣的权利，但这个孩子的出生又带有不同寻常的意义。我笑着对孩子父亲说：“你这是要我剥夺你给孩子取名的权利呀？”后来孩子父亲执意如此，众人又一致附和。盛情难却，我想了想：“孩子是从字辈，取一瑞字，吉祥的意思。张从瑞，怎么样？”孩子父亲想都没想就回应道：“这个名字好，好名字，吉祥。”他兴奋地回头征求推车上躺着的老婆的意见，既是问又是肯定，“孩子就叫这个名字吧？！”肖芳玉强撑着露出笑容，那笑容像红苕花一样好看。

肖芳玉的儿子张从瑞八个月的时候，我上门探访。小家伙长得虎头虎脑的，越来越招人喜欢啦。谢天谢地，他没有任何先天性疾病迹象。小瑞瑞正牙牙学语，会叫爸爸妈妈了。缘分吧，见到我就笑嘻嘻的。我情不自禁地把他抱起来并亲了亲他的小脸蛋。我还给孩子带了学步车，他正开始蹒跚学步。

随着失独家庭再生育孩子们的成长，再生育服务工

華西都市報

贺国强在四川考察时强调

大力弘扬伟大抗震救灾精神

努力建设美好幸福的新家园

P02

生命重建

P05-P10

从悲壮走向豪迈

中国重汽绵阳

P02 创下全新"四川速度"

看美丽新天府

P02 成都官博"跑"第一棒

川人信念 镌刻进民族奋进史

2011 年 5 月 6 日《华西都市报》刊登的

黄萍与肖芳玉一家的照片

作取得巨大成功，专家组全体医护人员无不为取得的成绩欢欣鼓舞。

（黄萍）

3　吴家“姐”弟

吴杨华是都江堰新建小学二年级的学生。5 月 12 日下午刚上第一节课，地动山摇，地震发生了，同学们在老师的指挥下纷纷往楼下的操场跑。她是第一个跑下楼的学生，当她发现书包和钥匙忘了拿，就返身上楼，这个幼小的孩子，把书包和家里的钥匙看得比什么都重要，却不知道生命比书包重要，更不知道前面等待她的是何等的灾难。她返回的路上，摇晃中的教学楼轰然坍塌，她被埋在了钢筋水泥的废墟下……

吴德学和袁进夫妻俩在都江堰市经营火锅店。地震并没有震垮他们的火锅店。两人当时正在后厨准备当天晚上的菜品。地震发生后，吴德学的第一反应就是起身往学校跑。在路上他就听人说市区中医院的门诊大楼、华夏广场周边的大厦以及聚源中学的教学楼都塌了，好几千人被掩埋在废墟下面，究竟死了多少人，谁也不知道。听到这样骇人听闻的消息，他懵了，脑子里一片空白……他女儿吴杨华在都江堰新建小学读二年级，学校也是楼房，他不敢往下想，只能加快脚步往学校方向跑。一路上到处是坍塌的楼房，到处是被夷为平地的民居，他几乎认不出原来的城市了。他听到的都是悲惨的呼叫哭喊，他看到的都是惨不忍睹的凄凉景象。他急切地想知道女儿究竟怎么样了。伴随着内心的慌乱与不安，他终于赶到学校了，只是哪里还有学校，学校已被夷为平地，坍塌的钢筋水泥像狰狞的魔鬼吞噬了几百个学生鲜活的生命。在碎砖瓦砾的缝隙下面，依稀传出微弱的呻吟和模糊的呼救声。那样的惨痛情景让人心碎。几百个没来得及跑出来的学生和老师全被掩埋在坍塌的教学楼下面了！他的女儿就是其中一个。现场极其混乱，操场上聚集着几百个惊魂未定的师生，哭声喊声，响成一片。废墟边围着几百个学生的家长，束手无策地听着被掩埋的没有死去的孩子们微弱稚嫩的叫喊声音，“爸爸救我——”“妈妈救我——”“我要死了——”，还有受伤学生在无助地呻吟……眼前的一切让家长们几近崩溃。他们只能不顾一切地冲上去，用手扒，使劲掰，拼命想搬开山一样压在孩子们身上的碎砖瓦砾。只是在坚硬的钢筋水泥面前，一切都是徒劳。如果可能，他们全都愿意替自己的孩子去死。面对那样惨烈的情景，有的父母捶胸号叫，有的父母以头碰墙，有的父母跪地声嘶力竭地呼叫孩子的名字，爷爷奶奶们则趴在地上捣蒜般磕头祈祷，更多的人则撕心裂肺地号啕大哭……

此情此景，吴德学是欲哭无泪。也许，女儿在操场上的人群里，也许，他的华儿早已跑回了家，也许……他返身去操场找到女儿的同班同学，打听女儿的下落。都说看见她跑出了教室，而且是最早跑出来的。他略为宽心。四处寻找，但始终没有女儿的身影。他很担心，却无能为力。

吴德学骑上摩托，回到家，没人；寻到外婆家，没人；她最好的同学家，还是没人。所有她可能去的地方都找遍了，还是没人。没关系，同学们都看见她跑出来了。现在通讯中断，手机都打不通，联系不上，没事，聪明的女儿会跟他联系的，说不定一会儿手机里就会传来女儿银铃般的声音。他懂事乖巧的女儿怎么可能遭遇不测，这完全不可能，不可能！这个死丫头要急死他老爸啊。

一天过去了，活着的家人全聚齐了，依然没找到吴杨华，大家开始担心，但谁也不愿说出来，都不愿往坏的方面猜测，坏消息将是毁灭性的。作为孩子的父亲，不祥的预感压得他喘不过气来。

第二天，下起了雨，吴德学蹚着水，闻着刺鼻的腐臭味在学校四处寻找，全身淋湿了却浑然不觉。女儿啊，你在哪里？他精神崩溃了，他没有力气了，他无助地扶住学校门前的梧桐树跪下去，悲伤地恸哭。

唯一没有去找的地方是殡仪馆，那是他最不情愿去的地方。他不愿意在那里见到女儿。可是他又不得不去。在那里，怀着难以用语言形容的心情，证实了他最不愿看到的事情，女儿的名字赫然出现在了遇难者名单上。

天塌下来了——

坏消息被确认，吴德学还是猝不及防。为什么会是这样的结果，为什么这样的灾难要让一个幼小的生命来承受，她还是花季少年啊，蓓蕾还没绽放就凋谢了。这一噩耗对家里所有人都是沉重一击。

女儿走了，吴德学夫妇的生活还得继续，但是失去孩子的家庭从此了无生气，再也没有了盼头。

再生育工程的启动，给吴德学夫妇的生活带来了新的希望。他们夫妇在当地医院医生的指导下准备再生一个孩子。但是一年过去了，两年过去了，无论他们夫妻怎样努力，“造人计划”都化为了泡影。都江堰市的人民医院，妇幼保健院，中医院，该去的地方都去了，却无济于事。

2010 年春节后，我再次到都江堰指导再生育工作。吴德学夫妇前来咨询。了解情况后我感到很困惑，两个人都还在育龄期，年富力强怎么会怀不上孩子？只要有希望，就要百倍努力地帮助失子夫妇实现再生育的愿望。于是，我把他们夫妇约到成都进行彻底诊治检查。

2010 年 4 月的某一天，他们如约到成都市计划生育指导所找我。我给他们夫妇做了全面检查。最终确诊女方双侧输卵管近端堵塞严重，这就是他们一直不能怀孕的原因。

吴德学焦急地问，这还有治吗？请一定帮帮我们。

当然得帮。帮助失子家庭实现美好生活愿望是我们再生育专家的责任。我这样回答，两个人仿佛看到了希望，激动万分。当我告诉他们专家会诊的结论，说“只有做输卵管复通手术才有可能怀上孩子”时，袁进竟说：“请马上帮我做手术。”可见他们很急切地想再生育一个宝宝。我解释道：“这样可以提高你们的怀孕率。”他们当即表示愿意配合专家的工作。

查明不孕不育的原因，接下来就是给夫妻两人治疗。袁进做了输卵管复通手术。恢复期过后，夫妇俩就可以“造人”了。

一个女人得有多大的勇气才能再生个孩子？一个男人得多么努力坚持才会让失去的女儿回来？夫妇俩终于要梦想成真啦。

盛夏八月，我巡回到青川，这里也是地震重灾区，紧张工作的时候，吴德学电话报喜，他老婆怀孕三个月了。电话里他掩饰不住内心的喜悦，问我，你说我们的孩子生下来会不会跟他姐姐一样聪明啊？我笑着回答，那还用说吗？

好好活着就是对死者的最好怀念，而再生育又被看成是死者生命的延续。当地震夺走了吴杨华8岁的幼小生命时，31岁的吴德学和袁进夫妇几乎崩溃。在成都市计划生育指导所做了输卵管复通手术后，希望再次叩响生命之门，这对而立之年的夫妇能不感动能不高兴吗？

上天终于肯眷顾他们夫妻。十月怀胎，怀孕前期、后期及最后的分娩都很顺利。2011年3月17日，夫妇俩喜得贵子，取名吴艺轩。小家伙长得虎头虎脑招人喜欢，今年7岁啦。吴德学早就不开火锅店了，一家人搬进高桥小区的政府安置房。灾后重建的小区很漂亮，房屋宽敞明亮。他现在是都江堰阆苑花园酒店的高管，有房有车，一家人过上了幸福的生活。

（黄萍）

下篇　启示篇

最终塑造我们的，是我们所经历的那些艰难时光，而非浮名虚利。我们所经历的每一次挫折，都会在灵魂深处种下坚韧的种子。我们记忆深处的每一次苦难，都会在日后成为支撑我们走下去的力量。

——雪莉·桑德伯格（Sheryl Sandberg）

2016 在美国伯克利大学的毕业演讲词

第四章　不思量，自难忘

一个人真正的美丽在于她的灵魂深处，在于她给予的关怀、爱心和她的激情。

——奥黛丽·赫本（Audrey Hepburn）

1　我陪你，看春暖花开[①]

人的一生似乎一直都在寻求知己，同门为朋，同志为友。能够在生命的旅途中邂逅与己相悦的知己，那便是人生最大的幸事了。

---

① 此文初写于2010年，汶川地震两周年。于2018年再次修改，以纪念汶川地震十周年。

于是，便有了“风萧萧兮易水寒，壮士一去兮不复还”这样表达人之生死相约的扼腕传说。

于是，便有了“劝君更尽一杯酒，西出阳关无故人”这样表达惜别之情的千古名句。

便有了“长亭外，古道边，芳草碧连天；天之涯，地之角，知交半零落”这样天人合一的情感表达。

便有了“兄弟敦和睦，朋友笃诚信”这样渐入哲学思考的人生承诺……

人性最美丽的表达是诚信，诚信几乎诠释了生命全部的意义。爱情，因为诚信而深化和持续，演绎出无数个感人肺腑催人泪下的故事；生命，因为诚信而生动和牵挂，诞生了如此多平凡且值得被尊重的人物。

因为诚信，便有了承诺，而承诺，需要用行动和生命来兑现，不是一时，而是一世。

于是，我们需要学会珍惜。

少年时，我们珍惜求学时师长的教诲；青年时，我们珍惜初识的感觉；壮年时，我们珍惜相爱双方平淡的体贴；为人之母，我们珍惜上天赐予的每一份欢乐；人到中年，我们珍惜甘苦串起的每一份记忆；年老时，我们珍惜岁月流逝的每一种浪漫，回味人生冷暖，笑看天下浮沉……人生！真的很好。

我们也因此学会了感恩。感恩父母用尽心血将我们抚养成人；感恩老师无私的教诲让我们成长成熟；感恩同事总是在需要的时候伸出援手；感恩身边的人为我们演绎生活的庄严和潇洒；感恩每一件事情都有它发生的理由，并让我们学会宽容；感恩因为经历痛苦而让我们的意志经受历练；感恩幸福的滋养让我们学会付出和分享；感恩祖国的强大，我们也因此而昂首挺胸，高歌猛进。感恩，是一种心得，是让幸福洋溢，是让生命的价值无限升华的最佳途径。

因为感恩，祖国总在我们的心中，激扬起我们的斗志和勇气。

因为感恩生命，我们全心全意地开展汶川特大地震中有成员伤亡家庭再生育技术服务工作。因为我们知道，唯有生命的重生，才能让最灿烂的笑容再次诞生，让苦痛减轻。

因为感恩生命，便有了无私奉献的兄弟姐妹团队无数次奔赴灾区，调研、咨询、制定流程和准确实施。每一天，心里都充满思念和牵挂。

因为感恩生命，我想对你说，我愿意陪你，看每一个春暖花开。让我们一路相伴，迎接新生命的降临。

与你相伴于苦难之时，因为这个时候我最有价值。

我愿意与你共克难关，用我们的智慧去寻找答案，用我们的勤劳去披荆斩棘，用我们的爱抚去温暖你曾经饱受苦难的心房。

当汶川大地震撼天动地的时候，当地震中有成员伤亡家庭需要再生育服务的时候，当地震灾区孩子们有困难的时候……我们与你们在一起。

我愿意陪你，看春暖花开。

“春风又绿江南岸，明月何时照我还？”

当灾区的万里山河“深浅清溪缀山野，高低庐舍绣故里”之时，我陪你，看春暖花开。

当关爱交响曲吹出了“远近人家沐春风，万千故事别有情”的感动时，我陪你，看春暖花开。

当新的生命诞生，“金风知玉露，满月懂秋光”触动内心最热烈的情感时，我陪你，看春暖花开。

春花秋叶，如此美丽的江山，如此美丽的心灵。

中华民族千年的文化，似乎已经深深地融在我们的血液里，扎根在我们的脑海深处，生长在我们的每一个细胞中。

对灾区父老的深情，来自灵魂深处的博爱，与你相约，约在永远，与你相伴，伴随一生。

执子之手，我愿意！我们一起，看每一个春暖花开。

（毛萌）

2　医生的家国情怀

梁启超先生说：人生须知道有负责任的苦处，才能知道有尽责任的乐处。处处尽责任，便处处快乐；时时尽责任，便时时快乐。快乐之权，操之在己。

医者大道，仁恕博爱

晋代名医杨泉在《论医》中对“医者”这样界定：“凡医者，非仁爱之士不可托也；非聪明理达不可任也；非廉洁淳良不可任也。是以大凡医者，其德能仁恕博爱，其智能宣畅曲解，为医也。”郎景和院士讲到“科学家更多地诉诸理智，艺术家更多地诉诸情感，而医生则必须集冷静的理智和热烈的情感于一身”，“医者”最珍贵是“仁心”。电视剧《心术》里有这样的台词：“这世界有三样东西对人类是最重要的，那就是信任、希望、爱，能看到对这三个词诠释最好的地方，就是医院。”因为善良，因为有爱，医生们顽强地守护着医者的神圣。

人和人之间的感情就像织毛衣，建立时一针一线，小心而漫长，拆除时却只需轻轻一拉。在我们与再生育对象的接触中，深深体会到专家没有持之永恒的爱心是坚持不到完成这个项目的，“生命至上”“敬畏生命”，坚持救死扶伤的人道主义精神体现在每一个专家身上。

记得2008年5月14日晚，萌姐带领华西第二医院救援队出发前，我也要求和他们一起去，因为萌姐带走的都是我的铁杆好朋友，我想和他们一起去灾区。但萌姐不同意，她说：小胡，目前灾区孕产妇及重危病人源源不断送到华西，更何况还有余震的可能，你留在医院里守护着医院的病人我才放心啊！5月15日在华西第二医院大门口，萌姐向送行的人承诺“我会把医疗救援队安全带回来的，我们一定会完成救援任务”，萌姐和我紧紧相拥，李华凤，我可爱的小妹妹抱着我说“别担心”。我们这一代人是看着战争片长大的，虽然萌姐很有激情地宣布她们出发，但我还是止不住地担心，泪水不争气地夺眶而出。当国家处于大灾大难中，一个有担当、有爱心的医务工作者，首先想到的是到灾区的一线去，到病人需要的地方去。这群人，用他们的博爱之心，总是去安慰；用他们的知识和技术，常常去帮助；用他们不畏一切的精神和精湛的医术，去治愈，去抢救，他们以行动诠释了医学精神的真谛。

他们不仅去了绵竹，还环绕通过中断的道路，冒着山上飞石和塌方的危险，赶去北川，在北川中学参与对师生的救援工作，还与救援的部队一起进到地震核心地带——北川县城参与救援。在绵阳中心医院，他们还受到胡锦涛总书记的亲切接见，总书记与他们一一握手。

2008 年 5 月 15 日，毛萌院长带领华西第二医院救援队奔赴灾区

在后来的再生育工作中，萌姐又毫不犹豫地承担起了领头的重担。

（胡丽娜）

以心为灯，守护生命

说到黄萍，很多人并不知道，她是一个患有乳腺癌的病人，手术后又经历了极其痛苦的化疗和放射治疗。

记得她在住院的时候，我们曾开玩笑说想摸摸她的光头。我安慰她说，你以后就不用烫发了，你会长出美丽的卷发的。她说："疾病，你不怕它，它就怕你。"

我和黄萍是同班同学，从当年的四川医学院毕业后，我考上重庆医科大学妇产科的研究生，而她被分配在重庆市第五人民医院工作。黄萍的家就在重庆医科大学附属第二医院附近的临江门，如果周末我俩都不值班，她会叫我去她家改善生活。她的妈妈是个非常严厉的马列主义老太太。黄萍谈恋爱，男朋友在成都。为阻止黄萍调到成都工作，老太太把家里的户口本藏了起来。后来，黄萍还是结了婚，生了孩子，为了小家庭的团聚，她决定把老太太藏起来的户口本找出来，然后办理调动手续到成都工作。有一天，黄萍叫我去她家，让我在门口放哨，以防老太太临时返回家里，她便在家翻箱倒柜找户口本。二十多年过去了，我又调回母校工作，而她已是成都市计生所所长。因为都是妇产科专业，我们常在专业学术会上见面，平常大家忙于工作，同在一城却很难见上一面。

地震后大约过了三周，黄萍打电话向我求助——计生所来了好多在地震中失去孩子的父母。在前往计生所的路上，我回忆起两周前的一件事，那天是 2008 年 5 月

19 日。地震后不到一周。

那一天与往常一样，在医院忙于救治地震后的伤员，尤其是来自灾区的孕妇的安抚和评估工作，回家已近晚上 8 点。大约 9 点，突然接到重庆老朋友袁杰的电话，他先问了我近期的情况，然后说："你和父母现在在哪儿？"我说："在家。"他又说："你家几楼，什么房子？"我说："老房子 6 楼。"他平静但坚决地说："你父母年龄大，行动不便，最好不要待在家里。"我马上联想到他是一个非常沉稳的人，没有特别情况是不会随便说这话的。与此同时，我的研究生傅璟打电话告诉我说：她妈妈看到《重庆晚报》报道，当天会有强余震，让我赶快下楼。我立刻打电话给在重庆的丈夫，让他落实消息，他告诉我要等政府正式通知。晚上 22 点 10 分左右，正在 24 小时直播地震灾区救援情况的成都电视台、四川省电视台等媒体突然中断，纷纷反复插播一则紧急通知：四川省地震局发布公告，5 月 19 日至 20 日发生强余震的可能性较大，余震活动水平为 6 到 7 级，希望市民做好防震避震工作。我们科室的石钢教授（也是当年四川医学院 77 届的同学）正好也在此时打电话给我，告诉我华西操场已挤满了人。

那时的成都，呈现出一片恐慌，车鸣声、人群喧闹声此起彼伏。看着被余震反复折腾得筋疲力尽的年迈的父母，我很无措：该把父母送到哪里去？我们没有车，而自己肯定又要去医院。当时站在阳台上的我，感到从未有过的孤独。突然，我想到同学黄萍在郊外的房子是低层，而且有地下室，于是我立刻打电话问她是否可以把我父母送到她家里。她接到电话说她马上就来。听到她爽快的回答，我像在沙漠里看到了绿洲，我知道我的父母有了庇护之地，我感动得哭了。要知道黄萍是做了乳腺癌手术化疗放疗后在家休养的人。黄萍并不会开车，她先生载她过来的。他们过来时，人民南路上只有他们一辆车是从城郊往城里开的，其余均是从城里开往郊区，出城的车蜿蜒不断。接上我父母后，她问我：你真不走？我说：我要到医院去！她说：放心吧，父母交给我，我家里还有三个老人，他们可以一起打麻将。她任何时候都很幽默很乐观。后来才知道，她家里住了几十个人，还有从都江堰来的灾民以及她和她先生的同学、同事。

“丽娜，你知道吗，在生日这天能够帮助到别人是一件多么高兴的事！”多年后她告诉我，5 月 19 日那天正好是她的生日。真是赠人玫瑰手有余香啊！这就是黄萍的性格和担当。她总是帮助别人，而自己有了困难却又不愿意麻烦别人。

她还拖着虚弱的病体把家里蒸好的馒头送到都江堰灾

区。当接到要组织医疗专家去灾区帮助那些失去孩子的父母的信息后，她完全忘记了自己是一个病人。当我和她一起去北川，我们站在北川老县城封锁区域的山坡上，她心里想的是那些失去孩子的父母。她说：“那些父母怎么办？”

她毕业以后长期从事基层计划生育工作，与基层医务工作者非常熟，在她的介绍下，我认识了好多在基层从事计划生育的同行们，他们的工作非常平凡，但在大灾大难面前他们表现出了大爱无疆的精神。

（胡丽娜）

眼睛的故事

“5·12”大地震，造成巨大人员伤亡和不可估量的财产损失，许多父母失去了子女。孩子是祖国的未来，是父母生命的延续，失去一个独生子女，会给两个以上的家庭带来巨大痛苦，也给社会造成巨大损失。灾难发生后，国家给予灾区有子女伤亡家庭特别的关爱和扶助。李克强副总理指示，“要抓紧把震后有子女伤亡家庭再生育工作政策及服务措施落实到位，尽量做细”。灾区再生育服务工程力争三年内基本完成，使再生育家庭实现再生育一个孩子的心愿，为他们抚平心灵创伤，重拾天伦之乐。为此，再生育专家们排除艰难险阻，付出巨大努力，在不到三年的时间里已经取得再生育服务工作的阶段性胜利。我和我的同事们为取得的成绩感到骄傲。

2010年5月25日，我请假为即将出国上学的儿子做出国前的最后准备。那段特别忙碌的日子，我欠家人、欠儿子太多太多，我得抓住机会尽一个母亲的责任。就在那天晚上，我一边为儿子收拾行李，一边家长里短唠唠叨叨。一会儿是叮嘱，一会儿是告诫。再有几天儿子就要离家远行，临别伤感的情绪一直笼罩着。我经历过很多这样伤感的场合，却都不大记得也不太在乎。送儿子远行恐怕是我一生中经历的最伤感时刻，我不知道我还能不能像以前一样坚强。

母子情深，儿女情长。当我准备把象征吉祥平安的玉坠从脖子上取下来并给儿子戴上时，电话响了，是阿坝州人口计生委主任班玛德吉。电话里，她说阿坝州还有一部分至今仍没有怀孕的再生育家庭，都迫切想再生孩子，想请我带专家去给她们做技术指导，帮助她们怀孕。

这个不合时宜的电话让我很郁闷，很无奈。两年来我为灾区再生育的事忙得昏天黑地，一直没有休息过，也没时间照顾家里，好不容易请了假，想在儿子临出国前好好告别一下，这不，电话又来了。

我强压着情绪告诉班玛德吉主任，我请了假，过几天要送儿子出国读书，我真的没有时间去。我很抱歉。班玛德吉主任听后，沉默了。我的话估计出乎她的意料，也让她失望了吧。好吧，对不起，只能这样，于是我等她先挂断电话。我只希望她会理解，她会更改计划。我这边沉默着，她那边也没说话。我想，她正迟疑不决，正想着改变计划。我暗自庆幸，我推托的理由正当，她不会强人所难的。不想她在电话那边用很抱歉的口气告诉我，少数民族地方区域辽阔，山高路远，全州有九个县未怀孕的再生育家庭资料全部集中在若尔盖。她说："真是不好意思，真是对不起，真的是太抱歉了。会议通知已向全州发出，没办法更改了，怎么办呢，黄老师？"她虽然没把"请你务必想办法一定来帮助我们"的话说出口，但话里话外的用意再清楚不过了。

放下电话，好一会儿没有说话，心里很不是滋味。

其实仔细想想，阿坝州人口计生委班玛德吉主任是真不能改变计划，真没有其他办法才会那样"不近情理"地请求。如果能更改的话，她一定会作出调整，不会这样麻烦我的。我了解她，她是个通情达理的人。自己的事跟她的事比起来的确是小事，失子家庭再生育涉及灾区几千个家庭的幸福，孰轻孰重还用说吗？

幸好儿子订的机票是五天后，抓紧时间可能还来得及。

于是，我带上两名专家，义无反顾地驱车直奔若尔盖。路上驾驶员轮换开车，人歇车不歇。山路弯弯，蜿蜒曲折，上山的路更是九曲十八弯。一路向前向前，车窗外不时掠过地震造成的残垣断壁，倒塌的楼房，震垮的桥梁和无人的村庄。一路向上向上，不时会遇到山上滚下的石头，惊险不断。

深秋的川西高原，早早地下起了雪。路上有了积雪后，驾车需格外小心。而且随着海拔的升高，我们还出现了呼吸急促、胸闷等高原反应。在经历了一天半不停歇的艰难行程后，我们终于在夜半时分抵达平均海拔3500米的高原县城若尔盖。

第二天在缺氧的情况下我和两个同去的专家，坚持把全州未怀孕的再生育家庭的病历档案，逐一进行了分析评估，并同当地计生部门的同行为再生育夫妇们制定了下一步的治疗方案，紧赶慢赶终于完成了这项任务。谢绝了班玛德吉主任的再三挽留，在州人口计生委同志们的再三感谢声中，我们立即返程。

又经过了一天半的车程，又经历了一次来时的惊险，当看到城市的辉煌灯火时，悬着的心终于放下。安全到家，已经是5月31日凌晨2点。于是又一刻不停歇地乘飞机去上海。

飞机降落在上海虹桥机场，匆忙紧张的心情才放松下来。公事私事两不误，谢天谢地。登机时间到了，依依惜别，办理手续，儿子的身影消失在登机口……我站在巨大的玻璃幕墙前看着渐渐消失在天际的飞机，感觉自己的心也跟着飞走了，不知不觉中竟流下了眼泪。可纵有千般不舍也只能忍痛送别。

送走儿子，在候机厅刚想坐下平复一下心情，我右眼突然模糊了，看不见东西了。我稳了稳神，又再三自检自测一番，感觉不妙，眼睛出问题了，而且是大问题。我是医生我明白。

经检查，我这是高原反应造成的眼底静脉黄斑旁血栓。随后医生为我做了激光手术，虽然保住了右眼，但已造成右眼内侧视野缺失，也就是二分之一失明。

后悔吗？后悔过。但是，我以右眼二分之一失明的代价，换来阿坝全州九个县的再生育家庭实现美好生活的愿望，这代价只能算“小儿科”，可以忽略不计。从这个意义上来说，非常值得，我不后悔。

（黄萍）

多奉献一点也好

有一天在所里忙完回家已是晚上十点多，当时本想就在办公室的沙发上凑合一晚，但所里的医生们都说你这个刚做了乳腺癌手术正在放化疗的癌症病人还要不要命了？明天还打不打算再起来上班？我说不碍事，我6次放化疗都完了，已经进入恢复期。但同事们都是医生，都知道放化疗对免疫系统的影响，需要一段时间的休息和营养，便硬推着我上了车。

记得有一次在灾区，夜深了，露气在四周弥漫开来，感到一阵凉意。跟城里不一样，山里有月亮的夜很美很美，蚊子却招人烦，我赶紧进到帐篷里，洗漱完毕熄灯睡觉。第二天一大早还要赶到映秀去，有个临产孕妇情况不太好。

在灾区我早已把生死置之度外，全然忘记了自己也是病人。夜以继日的工作，除了发自内心对灾区失子家庭深深的同情，还因为我从小就有一个愿望，而在灾区的义诊善行正好实践了童年时代希望当个医生治病救人的神圣而美好的愿望。

第二天清晨车还在路上，映秀的电话就打过来了。凌晨时孕妇提前产下婴儿，两个小时了，胎盘还没有下来，已经开始大出血。当地的乡镇医生很少处置这类危重病例。

电话请求专家帮助，我带上产科专家一行人及时赶到。

生过孩子的妈妈们和产科医生都知道，产妇大出血是会出人命的。大出血已经导致产妇虚弱昏迷。我指挥输血吸氧，产科专家在手术台上止血，然后小心翼翼凭手感慢慢地紧张地剥离胎盘。产妇的丈夫很焦急："母子俩快没命了……"说着就忍不住哭出声来。经过紧张抢救，终于止住了大出血，汗水也浸湿了我们的头发，顺着脸颊往下流。板房太简陋了，太闷，又没有现代化的医疗器械设备，全靠经验和智慧去处理危急状况，幸好产妇度过了危险。我很庆幸又将一个产妇从鬼门关拉了回来。很辛劳，但甚感欣慰。每一个新生儿的诞生，不仅是生离死别的挣扎，也是医生竭尽全力的搏斗。

做完这一切，突然感到好累好累，真想躺一躺。这时我突然眼冒金星，天旋地转，意识瞬间模糊，眼一黑，一头栽倒在地上……

救护车载着我在汶川通往成都的高速路上狂奔。汶川到成都 138 公里，四小时后救护车就停在了华西医院的急诊楼前。第二天我就醒了。参加抢救的医生说真怕我醒不过来。我和他们都熟悉了，已经不是第一次被送到这里。

虚弱地躺在病床上，除了感觉累，心里一下子变得空荡荡的。是得好好休息一下了，人闲心静，躺在病床上东想西想。之前的恐惧、忧虑与担心，统统消失得无影无踪。刚刚检查出癌症那阵子，很绝望，很害怕。害怕失去家、失去爱人、失去儿子、失去事业、失去同事和朋友，所有的一切，我都不想舍去。在灾区，我目睹了死亡，目睹了顷刻间一切化为乌有的惨烈，目睹了都江堰新建小学父母们绝望的眼神，目睹了什邡红白镇小学散落在灰尘中的书包课本和洛水中学张挂在树上的一张张写着学生名字的纸条……所有这些悲惨情景定格在我脑海里挥之不去。从那时起我就切身感悟到生命的意义，并领悟到没有什么是不可舍去的。

我想通了。生命的意义在于你奉献了什么，而不是得到了什么。用自己的半条命换来灾区一个个新生命的诞生，那是非常值得的。我放下了心里的不舍。

回想起高考我填报的志愿是医学。立志当个医生的愿望终得实现。回想起在重庆市第五人民医院当了妇产科医生，记得是 1983 年，有一次为一位患红斑狼疮的孕妇引产，病人大出血。心脏骤停，生命垂危，紧急做心肺复苏，当时条件差，病人躺在弹簧床上，心脏按压效果不好，情急之下，我钻到病床下，四肢着地用自己的背顶住床垫，心肺复苏才有了效果，病人也从死亡线上被抢救了过来。

回想起我的大学同学胡丽娜，在我生病期间多次来探视我，安慰我，关心我。在放化疗最痛苦最艰难最绝望的那段时间，她在国外，不能来看望我，专门发来短信，告诉我欧洲发达国家三分之一的妇女患乳腺癌，治愈率很高。嘱咐我不要怕，勇敢面对，现代医学这么发达，只要安心接受治疗，一定会好起来的。她的短信，当时是真的帮助我树立起了信心，给了我莫大的安慰和鼓励。

回想起“5·12”地震发生后的6月15日深夜，我接到都江堰计生局陈之喜副局长电话的情景。

回想起我向丽娜打电话，请求支援。在她和毛萌的支援下，我们短时间内共接待处理了600多对都江堰灾区失子夫妇。回想起我们三个人到灾区义诊、会诊、培训的日日夜夜。我至今难忘。谢谢你们，我的老同学老朋友老战友。

回想起多年前曾经赞助金堂县竹篙镇计划生育贫困户唐金巧读书的事。如今唐金巧早已毕业。这事启发了我，十年前一直想为贫困山区孩子们做点什么的困扰终于明晰起来：捐建一所希望小学！建一所希望小学就能帮助山里的孩子们上学。十年的纠结有了答案。终于释怀，躺在病床上的我，轻松了许多……还想起好多人好多事，那些人那些事历历在目，犹如发生在昨天。

丈夫和儿子闻讯赶来。儿子蹲在床边说：“妈妈，你答应我不要再去灾区了，好吗？”又凑近我耳边，“你已经晕倒好多次了，我害怕你下一次晕倒就再也醒不过来了。”我怜爱地回答儿子：“我这不是好好的吗？”儿子带着哭腔恳求道：“我求你了，我不想你早早就离开我们，我要你看到我大学毕业，研究生毕业，看到我成家立业……”儿子哽咽着说不下去了。他的话深深打动了我，也刺痛了我。我的双眼也湿润了，伸出手拉过儿子为他擦去脸上的泪水。丈夫默默地走上前为我把枕头垫高，让我躺得舒服一点。此时他显得有点木讷，什么也没说。我知道他不知对我说什么好。

我对所有的人都心存感激，谢谢一路有你们陪伴。

（黄萍）

路上的“平安夜”

“重建家庭是灾后重建的一项软工程。我们所做的一切，都是为了再造完整家庭，重建天伦之乐。”这是毛萌开会经常会说的话。所以，我们当时最大的工作目标便是帮助和呵护再生育妈妈。

华西第二医院妇产科在灾后再生育工作中投入的精力非常大，几乎每个周末专家们都会利用自己的休息时间去灾区工作，李尚为、石钢、许良智、黄薇、刘宏伟、周蓉、姚远、陈杰等教授多次深入灾区，尤其是李尚为老师，她常常不顾高龄和我们一起奔波。我们去过北川、都江堰、什邡、汶川、剑阁、德阳、绵阳、绵竹、广元、青川等地，仅在2010年1月6日至2010年12月31日近一年的时间里，华西第二医院专家组行程就达30473千米。我们在临时板房区、防震棚、倒塌未修好的住房中，为再生育夫妇进行诊治及生育力评估、咨询、产检，对基层医生和计划生育工作者进行反复的技术培训，帮助他们提高服务技能。

灾区余震频繁，青川位于龙门山地震带尾，余震感非常明显。记得一次在青川授课的过程中，发生了余震，大家一点都不惊慌，因为经受余震已经成为常态。北川县是我具体分管的区域，开始几乎每个月都要去一次。2009年12月24日，许良智、黄薇、王海英、刘宏伟和我，早上6点冒着大雾向北川出发，成绵高速公路已经封闭，大件路上的货车绵延不断，因大雾路况不清，陈师傅为确保安全要求专家们下车并远离路边。等到大雾逐渐散去，陈师傅才招呼大家上车。路上走走停停，许良智教授还出现了严重的晕车反应。下午1点，我们终于到达安置在安县的北川灾后临时板房。黄薇、许良智和我当天对近 400 个家庭进行了生育力评估，并对以往资料进行梳理，同时刘宏伟教授还对基层的妇产、计划生育人员进行流程和技能培训。到了傍晚，我们又开始了艰难的回程之路（为不给当地添麻烦，我们拒绝了在那里吃饭，当地的同志开玩笑说：胡主任，你们每次都不吃饭，害得我们也吃不了）。当时，已经夜深了，我们堵在了进德阳的路上，大家都是睡睡醒醒的，只有陈师傅一直保持清醒。忽然，一声呼啸划破了漆黑的夜空，我们看到德阳附近有人放出了礼花，姹紫嫣红，映亮了夜空，黄薇说：平安夜到了！

这是世界各个角落都为之祝福的时刻，“平安”二字，是多少人一生的企盼；平安祝愿，永远温情着我们每一个人。美丽的平安夜，让我们期许：愿这些希望宝宝降临的家庭再次欢笑！

（胡丽娜）

与乡村医生一起

剑阁县是“5·12”地震的重灾区之一，位于川北的秦巴山脉南麓，是古时由秦入蜀的必经之地。由于地处偏远山区、经济水平低、生活条件不便等原因，这里一直是我国宫颈癌的高发区之一。我们将惠民工程——中央补助地方专项资金宫颈癌早诊早治项目放在这里，并启动灾后妇女状况调查。

2008年7月23日至25日，我和许良智教授到了剑阁县，当时那里到处都是震后的残垣断壁，我们按计划对各乡镇的乡村医生进行项目培训和宫颈癌筛查技术的指导。中午，我们特意让乡镇帮我们准备了午饭请那些乡村医生（费用是我们自己出的）。我记得菜非常简单，以肥肉为主，但那些医生吃得非常香，他们告诉我，他们每个月只有50元的补贴，平时还要干农活。

2009年4月6日至8日，我和杨沛带着李金科、雷巍、蔡压西、冯余宽与当地医务人员一起为当地妇女进行宫颈癌筛查，并赠送了检查设备和生殖道感染治疗药物。当我们准备返回成都时又遭遇6级左右的余震，李金科对我说："胡老师，震了，又震了。"但大家一点都不惊慌，他们已经习惯了在余震中工作。

2010年1月15日至16日，杨沛、刘宏伟、雷巍、杨丽娟等6人在绵竹市人民医院板房诊断室，对来自灾区的再生育家庭成员进行了宫颈癌筛查和生育指导。在两天的时间里，先后有200余名灾区群众接受了专家一对一的指导和宫颈癌筛查。

在剑阁县汉阳医院里，杨沛教授和雷巍医生正在培训当地医生

研究生们正在为筛查的病人进行登记

（胡丽娜）

3　灾民公仆的无悔岁月

灾区基层妇幼、计划生育机构在这次大灾难中遭到重度摧毁，但基层计划生育服务网络还在，后来的再生育工作中就是这张网起了巨大的支撑作用。正是这些灾区的计生干部走家访户，得到再生育技术服务所需要的第一手数据，是他们经常与这些再生育对象朝夕相处，有时还需要到山里或田间地头去找再生育服务对象，可是我们都忘了，这些干部本身也是灾民，他们也是再生育服务的对象。

2009 年 4 月 20 日，我和任昌永局长、李洪宁局长的对话就像发生在昨天一样，历历在目，永生难忘。

那天一早我按约定去北川讨论已经怀孕的再生育危重妇女快速转运的诸多问题。那时，温总理要求保证再生育妇女的安全，要求不能出现再生育孕产妇死亡事件。但北川灾后形成多个堰塞湖，以唐家山堰塞湖最为险峻，道路行进极为困难，孕产妇转运是一个非常棘手的问题。

在出发之前，我首先看到北川的一则消息：中共北川羌族自治县县委宣传部副部长冯翔于今日凌晨 2：00 左右，在家中去世，享年 33 岁。据公安部门初步勘验系自缢身亡。

看了这条消息我心情非常沉重，但我和王海英还是去了北川。我们见到了任局长、王局长、李局长和山东援建指挥部的同志。山东那位同志在北川抗震指挥部用地图给我们讲解唐家山堰塞湖周围乡镇的道路情况。我记得他说：堰塞湖那边需要绕道好远才可能把病人运出。我和李局长要求任局长给我们写一个具体的方案，他一直没有说话。李局长说，这个工作是以计生局为主，我们应该如何如何……任局长仍然没有接话，场面出现了长时间的沉默。好一会儿，任局长突然对我说："胡主任，你知道我们北川今天的事吗？我和王局长、王卫莉一样，我们也是灾民！"他的话像一道炸雷让我惊醒，我想起了有关冯翔的报道，想起了冯部长最后的博客：

假如，某一天，我死了，哥哥，请你担当起照顾父母的重任，我来到这个世间，本就是体会苦难，承受苦难的。要不，我们怎么能以孪生兄弟的面目出现。

假如，某一天，我死了，妻子，请你不要悲伤。抑郁，是我这三十年来，最亲近的朋友，它带走了我，也就带走了所有的悲伤。

假如，某一天，我死了，爸爸，请您不要哭泣，我真的活得太难了，人生为什么总是充满苦难，充满艰辛，充满离愁……

假如，某一天，我死了，妈妈，请您不要难过，短短三十年，我体会到了您对我的爱以及无微不至的关照，但是，我实在觉得活着太痛苦了，请您让我休息吧，真的，让我好好休息休息……

假如，某一天，我死了，儿子，那是我最幸福的事，我会让你妈妈，把我的骨灰，撒在曲山小学的皂角树下，爸爸将永远地陪着你，不弃不离……儿子，你离开了，爸爸没有了未来，没有了希望，没有了憧憬，与你相聚，是爸爸最大的快乐……

假如，某一天，我死了，亲爱的朋友，请你们不要忧郁，我的离去，让很多人快乐，让很多人舒服，我的存在，是他们的恐惧，是他们的对手，一个对手的离去，对于他们，是多么值得庆贺的事情啊！

……

是的，任局长和王局长是北川县的干部，但他们和北川人民一样也是灾民，任局长、王局长和王卫莉本人也是再生育服务的对象。王卫莉快37岁了，上小学的女儿在地震中遇难，2008年底她再次怀孕，凑巧的是她姐姐（也在地震中失去孩子）也怀孕了。当时整个北川县城在地震中几乎被夷为平地，所有机构办公都在安县，王卫莉一人住在安县的出租屋里，她老公在小坝工作，夫妻俩平时聚少离多。北川所有需要再生育的家庭都需要到王卫莉那里开取介绍信，她的桌上摆了一本介绍信，大部分介绍信只剩下上半截存根，繁重的工作使她没有太多时间顾及自己。虽然她身体已经笨重，但她还是会和我们一起去各个乡镇看望一些再生育妈妈，每当谈起遇难的孩子，她们彼此的情绪都难以控制。任局长家里也有很多亲人在地震中遇难，我想他们在接触再生育对象时，常常是在没有愈合的伤口上撒盐，牵扯着隐藏在心底的剧痛。但他们依然负重前行，担当起自己的责任。

王卫莉（右一）和我们

汶川地震后心理干预项目开始非常受欢迎，来的专家也多，但大多是以做短期研究为主，真正能持续坚持的心理干预项目非常少见。而我们也常常只从专业角度去考虑问题，每次都是沟通工作、布置工作，很少设身处地地去体会他们的忧伤、他们的痛苦。

记得那天离开北川前，我对李局长说："我们俩不是北川人，这片土地没有埋着我们的亲人，我们体会不出北川干部的悲伤，请你们原谅我们的唐突。"然后挥泪上车。

22 天后，2009 年 5 月 12 日，汶川地震一周年，我给任局长打了电话。他说，他正在给逝去的亲人焚香烧纸，并谢谢我给他的电话，很温暖。

北川重逢展笑容

2017 年 9 月 15 日，通过朋友得到了任局长和王局长的新电话号码，我先联系了王局长。我说，我是胡丽娜，当年华西第二医院妇产科的主任，北川再生育项目的专家组负责人，和您一起负责再生育服务工作，您还记得我吗？王局长非常激动，他告诉我，他现在已经退休，常住绵阳，他的宝贝儿子已经 6 岁了，很健康。王局长对我和萌姐表示真诚的感谢，他说，是再生育服务让他重享天伦之乐。王局长的儿子是萌姐在成都妇女儿童中心医院当院长时在该院出生的，凑巧的是，他儿子的生日和萌姐是同一天，而且还是圣诞节。他邀请我和萌姐去新北川看看，并承诺一定全程陪同。然后我联系了任局长，当我告诉任局长我是谁时，他平静地说他记得我，我又问了王卫莉的情况，他告诉我王卫莉现在在北川妇幼保健院工作，她再生育的女儿非常乖巧。他告诉我，他仍然在工作，并请我们去看看新北川。

有了和任、王二位局长的约定，我就和萌姐、黄萍有了重返北川的念头。我们约定 2018 年元旦后重回北川。

2018 年 1 月 5 日，在寒风细雨的相伴下，我们向着绵阳、北川飞驰。当我们找到绵阳花园星河湾时，就看到王局长带着一个男孩在翘首以待。当大家的目光相聚时，时间似乎凝固了……每一个人的心情都很激动。王局长紧紧地握住我们的手，并让孩子叫毛阿姨、胡阿姨和黄阿姨。孩子一点都不怕生，牵着萌姐的手领着我们到了他的家。当我把给他准备的书包给他时，他高兴地向我们介绍说他叫王梓艺，非常喜欢那个书包，并向我们展示他画的画和得到的各种奖状，说长大后要当驾驶战斗机的飞行员。

王局长还是那么的憨厚，唯一的不同就是笑容始终挂在他的脸上。我们自然而然又谈到了地震。王局长告诉我们，地震当时，他办公楼下面 4 层楼瞬间消失，而他在的 5 楼直接变成了 1 楼。我们知道他家除了他，妻子和孩子都遇难了，与现任妻子结婚后经过两次人工受孕，都失败了。后来好不容易在 57 岁得到这个宝贝儿子，儿子不仅仅是血脉的延续，也是他的重生。

我们与王局长一家重逢

告别王局长一家，我们就向新北川走去。当我们看到“大禹故乡——中国羌族北川自治县”的巨大招牌时，就知道新北川到了。远远地就能看到干净的街道和一栋栋不高的新楼房。任局长接到我的电话立即到楼下来接我们。尽管分别多年，但任局长还是一眼就认出了我们。我们在任局长办公室，看到了已经陈旧脱皮的沙发和他陈旧的记录本，整间办公室很简陋，我意识到他还是那个踏实的、既是灾民又是公仆的任局长。当我告诉他，当时他说的那番话经常让我想起时，他腼腆的笑容使我感到好亲切，他时时的微笑让我好开心。他解释说：当年压力大，做好再生育工作是灾区稳定的重要保证，不能出一点差错。他 2016 年曾做过北川再生育工作的总结：当年北川有 1798 个家庭符合四川省地震后再生育政策，到 2016 年底已出生 999 个孩子，目前仍然有 388 个家庭希望再生育，但有 256 个家庭现在已经放弃再生育的愿望，他本人也是后一种情况。但无论如何，“千娃希望”承载了专家的努力，也展现了那些灾民公仆的无悔岁月。

告别任局长后，我们又到老北川县城遗址。当年滚下的大石头、那未垮将塌的楼房等都还静静地立在那里，但不一样的是我们看到了北川人那久违了的笑容。

是的，地震带走了我们的亲人，摧毁了我们的故土，但活着的人在重建着我们的家园，延续着这里的生命。

2018 年 1 月 5 日，再回北川，看到任局长的笑容

这让我们想起了 6 岁的王梓艺的绘画作品：太阳照耀着大地，天是蓝的，地是绿的，树木郁郁葱葱，小鸟

在飞翔，所有的生物都和谐相处，自由自在地生活在这片土地上。

我们依依不舍地告别他们，告别了这片曾经洒满我们汗水和泪水的土地，告别我们曾经用心呵护过的人们。

明天会更好。

（胡丽娜）

4　年轻一代的责任和担当

在再生育技术服务的工作中，很多年轻的医生和护士踊跃参加，贡献很大。他们是“80后”，生长在国家改革开放的年代，通过高考进入华西医学殿堂或我国其他医学院学习深造，他们是天之骄子，父母的独生子女。

但在灾难面前，他们仍然不失担当，表现出年轻一代的精神风貌。2008年5月13日，地震后第一天，在救护车的鸣笛声中和余震的摇晃中，李金科和傅璟分别完成了博士和硕士论文答辩。完成答辩后他们立即志愿加入了转运队，不分昼夜地从凤凰山机场转运伤员。

当向峨乡的再生育家庭来到成都计划生育指导所时，傅璟、张一、谢灵遐、陈恒禧等受到很大的震动，他们与教授们一道，毫无怨言地参与到灾区再生育技术服务项目中，用爱心和行动去诠释医者的誓言。

北川是极重灾区之一，受灾最严重的学校是位于老县城南边的北川中学，遇难学生超过 2000 人（此数据为绵阳市灾后重建网发布）。这部分家庭父母年龄偏大，其中 35 岁以上的妇女占相当大的比例，再生育工作难度极大。当时该县需要再生育服务的对象共 1784 人，占绵阳市再生育服务对象总数的 50%以上，占全省 31.74%。该地区多为偏远山区，震后交通不便，而且服务对象居住地分散，流动性大，信息不畅，要为这么多的服务对象提供再生育服务，人手不足的问题十分突出。加之大部分基层计生服务站在地震中被摧毁，北川医务人员和计生人员极度缺乏。如北川县计生服务站，6 名医生要为曲山镇、白坭乡和漩坪乡近 900 名再生育服务对象提供技术服务。

为解决北川再生育技术服务人员缺乏的问题，傅璟、阮佳英、左艳等年轻医生被派驻到北川，支援当地的日常工作并承担指导任务。

再生育就诊临时医疗点——傅璟工作的地方

再生育就诊临时医疗点——阮佳英工作的地方

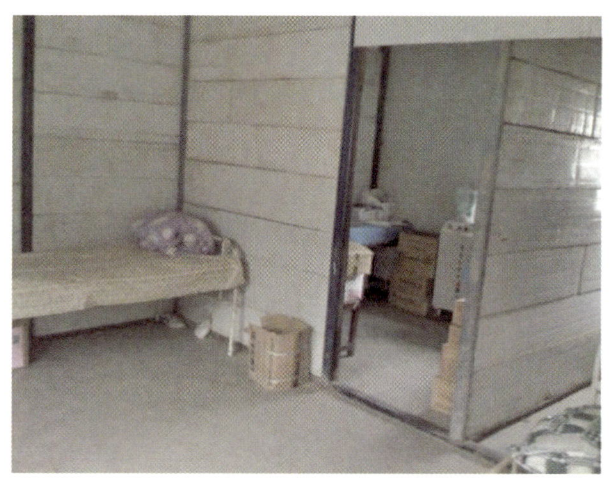

再生育就诊临时医疗点——左艳工作的地方

当时北川县城完全是一片废墟。她们住在板房里，卫生条件极差，生活非常艰苦。这几个年轻的医护人员都是1980年后出生的，都没有成家，白天在繁忙的工作中疲于奔命，到了夜晚，尤其是停电后，在不断发生的余震中，她们不免心生对家人、医院老师和同事的思念。记得我和石钢教授去北川看望她们，临走时，阮佳英笑着说：石老师，如果余震把我们的板房震塌了，您一定要带着生命探测仪来找我们哦！

当石钢教授发动车时，我看到这几个年轻女孩眼里闪烁着泪光，轻轻地向我们挥手。我心里默默祈求，千万不要出事！不要让她们的父母担心！因为她们是我们的未来！

她们在北川时，要定期到偏远乡镇去巡诊，而北川陡峭的山路因地震都变松了，一到雨天就有可能遭遇泥石流和飞石。2009 年 5 月，傅璟和左艳前往北川最偏远的乡镇小坝乡巡诊，在雨天里，沿着山路，艰难地走了 5 个小时才赶到目的地。到达目的地后，根本没有时间休息，就忙着用随身带去的 B 超机等便携设备，为当地再生育妇女做常规妇科检查，并为她们普及孕前及孕期保健常识。有的妇女这辈子还是第一次做常规妇科检查，更不知道生殖道感染可能造成不孕。

汶川地震一周年，傅璟和左艳在北川

傅璟说，在北川开展再生育工作的那段日子，是她一生最难忘的经历。艰苦的工作环境，让她们知道今后应该如何和为何而努力。

桥的价值在于能承载，人的价值在于担当。担当使人格更伟大，也使人生更加美丽，我想：北川的日日夜夜是她们担当责任感训练中的最有意义的一课。

（胡丽娜）

5　我们坚持了 6 年

爱是一种境界，坚持是 种精神。爱与坚持，体现大爱与信念。

“5 · 12”汶川大地震，让每一个人经历过且还活着的人终生难忘：惊慌、悲伤、痛苦、觉醒、感悟、思考、行动、付出和牺牲。

然而，特大地震发生后产生和再形成的独有的民族精神和文化价值，已经融入和极大地丰富了中华民族骨子里的大爱精神，成为国人生活中的一部分，成为沉淀在人们心中永远的坚强、大爱、信念和希望。

地震医疗救援是一种考验，信念与大爱使得医护人员经受并通过了考验。使命毅然——说与做完全一致才能做到、做好。当特大地震发生的时候，我们目睹那么多的医护人员毅然决然地参与救援，完全将自己的生死置之度外：在手术室里保护手术台上的病人以免他们翻倒；迅速转移病人至安全地带；在重症监护室陪伴不能转移的危重病人。之后他们又毅然决然地奔赴重灾区，冒着频繁余震的危险，实施医疗卫生救援。再后来，他们又全身心地积极投入灾后医疗卫生恢复重建工作，吃苦耐劳，疲劳作战，以“士不可不弘毅，任重而道远”和“关爱生命”的伟大行动践行了医学精神，谱写了一曲曲生命的赞歌。

在汶川特大地震十周年纪念这样一个重要时刻，我们会自然地回忆起十年前地动山摇、山崩地裂的那一刻。当时，华西的医护人员冒着生命危险救治病人的场景依然历历在目。当脑海里隐约闪现曾经经历的每一幕，当地震带来的一丝哀伤弥漫在心头，一个不太久远的声音言犹在耳：“我坚信，任何困难都难不倒英雄的中国人民。”是的，地震使全中国人民众志成城，以空前的大爱和信念、力量和速度与时间和生命赛跑，向全世界证明了一个民族精神的伟大。经历了灾难的考验，我们民族内心的力量变得更加强大，更加持久。

让灾区更多失去亲人的家庭恢复到正常生活中，比起修建因地震坍塌的房屋似乎难度更大。心理的重建，家庭的重建，需要的时间更长。

持久的力量不仅来自灾区人民在痛苦和困难中的坚持，更来自党的坚强领导，国家的强大，人民的团结，来自于人们心中真诚的爱。记得 2008 年 5 月 19 日，地震刚刚过去一周，华西第二医院就提出了灾后妇幼卫生恢复和重建的计划。这是对灾区妇女儿童的爱的宣言。因为那时候我们就已经清楚地知道，灾后妇幼卫生的恢复和重建将是一项异常艰巨的任务。然而，我们的良心、爱心、决心和信心告诉我们：这是我们的责任。

责任是一种承担和信念。承担就需要付出。付出就有艰辛。所以信念必须坚定。

2008 年 7 月，党和政府发出了启动灾区再生育工程的指令，这是一个更加艰巨而又能彰显党和政府对灾区失独家庭关爱的工程。对我们而言，这更是一项前所未有的再生育工程——覆盖范围之广，受众人群之多之独特，都是空前的。

自此，我们从来没有停止过脚步。从都江堰帐篷野战医院、绵竹汉旺和什邡市义诊，什邡市妇幼保健院心理援助和技术服务，灾区妇幼卫生基本情况调查，到有成员伤亡家庭再生育全程技术服务，灾后妇幼卫生信息网络建设，WHO 和卫生部灾后妇幼卫生能力重建系列培训，什邡市改善早期儿童营养项目，北川县妇幼卫生对口支援，灾区妇女免费宫颈癌筛查，灾区儿童常见病疫苗预防……

前前后后有几百人次参与其中，有政府的工作人员、来自各地的专家、来自各地卫生计生系统的医护人员、各村各乡各县的妇女干部。

2009 年 3 月 21 日，我们一行 18 人奔赴北川，启动了有成员伤亡家庭再生育技术服务工作和北川妇幼卫生对口支援项目。在板房区，我们再次感受到来自母亲的期待和信任，为着那期待和信任，我们坚持了 6 年。

能够把一件难度很大、持续时间很长的事情做好，需要的是坚持。而坚持的背后，是信念，是大爱。

很多人会问，成天往灾区跑，又累又辛苦，还没有钱赚，有时还吃力不讨好，干吗呢？

因为信念，所以前行。

灾区的医护人员在失去亲人后，仍然坚持为其他人疗伤。

灾区的干部在失去亲人后，仍然坚持为受灾群众服务。

有时候做梦都在想，孩子孩子，灾区失独家庭太需要一个孩子了。

出于非常单纯的想法，我们就这样出入灾区，只为在地震中失去孩子的家庭能再生育一个健康的孩子。

然而，理想很丰满，现实很骨感。要坚持下去，没有信念和大爱是做不到的。在我们的专家团队中，很多专家6年如一日，身体力行，视灾区失独家庭重建为己任，不仅为他们传授科普知识，讲解各项细节，还开展学术研究，解决备孕过程中遇到的各种问题，极大地彰显了医者的精神境界。

再生育工程的实施过程，是医学进步的见证，也是真诚的爱与坚定的信念相伴前行的实例。地震已经过去十年，再生育工程也以它的科学性、时效性、社会性和有效性被历史记录。

一年的时间足以让母体孕育出新生的婴儿。生命的顽强是因为繁殖力的强大：从细胞到组织器官到胎儿的形成，我们就是不服输。灾区每一个存在的家庭都是生命的种子。风雨之后，只要有阳光，种子就会发芽，生长，发育，成材。我们尽己所能，守护、浇灌和见证这一伟大的事实。因为我们有信念。6年的坚持，也让我们在辛苦付出之后，明白了一个道理：仰望天空，只需要抬头。

请记住这个故事。林浩，汶川县映秀镇渔子溪小学二年级学生，9 岁。地震之时他很快逃了出来。逃出来的林浩并没有跑开，他又爬了回去，把昏倒的女同学背出来。“我把她背出来后交给校长，校长又把她交给她妈妈。后来我又爬回去，又把另外一个男同学背出来交给了校长，他也被父母背走了。”因为救同学，林浩头部被砸破，手臂严重拉伤，但他看上去一点都不在乎，还镇定地说：“我背得动他们，我开始爬出来的时候，身上没有伤，后来爬进去背他们的时候才受伤的。”这是一个让人心灵为之震撼的故事，包含着与真诚的爱和坚强的信念相伴前行的感动。

也许，我们无法告别昨天。因为在这片土地上，那些因地震而断裂的山岭需要时间来恢复，人们的生理和心理创伤不可能完全抹去。但温暖与关怀常在，人们记住了汶川地震，也记住了地震后人民创造出的新的奇迹。

（毛萌）

6 爱，永远在路上

在灾区我们目睹了什么是真正的贫穷和落后，我们切身体会了城市与农村的差距。许多失子家庭一贫如洗的情况让我震惊，这让我有了捐建“希望小学”的想法。

2000 年，我曾去大凉山巡回医疗。与汶川地震的灾区相比，那里的情况更糟，所见所闻触目惊心，人活着仅仅为了填饱肚子。不仅缺医少药，也缺少义务教育的学校。在越西县大花乡的大山里，有好多学龄儿童每天要翻山越岭走几里甚至十几里路到山下的中心小学去上学。山高路远，春夏山区多雨，秋冬大雪封山，很多家庭就放弃了让孩子上学的机会，只能在家帮父母劳作。我为这些将来没有文化的孩子感到揪心，感到难过。我问过村寨里许多没有上学的孩子们，你们想不想上学？这些失学的孩子天真地睁大眼睛看着我。从孩子们的眼神里我看到了他们的渴望。这情景深深印在我脑海里，十年了。

灾区义诊让我从内心深处迸发出热情，并决心付诸实践。

在我的身体状况好转后，我便把自己的想法告诉了丈夫，不料却引起了“分歧”。

丈夫建议赞助几个山里考上大学且家里无力负担学费的孩子。具体操作上简单易行，可委托当地教育局物色扶助对象，帮助办理相关手续，省时省力省心，又符合捐助相关的法律法规。我揶揄他这种锦上添花的方式，“咱们不做锦上添花的事”，我否定了他的建议。因为那样做不符合我的初衷，也不能解开我过去十年的纠结。我说要着眼未来，“你就没有想到过‘雪中送炭’？比如捐建一所希望小学，意义不更大于‘锦上添花’？”当时我心里已经有了初步设想，不过还是想先听听他的意见，没想到他却给出那么一个“馊主意”。

我的想法出乎他的预料。他说一二十万建不起一所学校，并调侃道：“你这是要让我倾家荡产啊。”我谈了自己的想法：“我知道凉山彝族自治州越西县大山里有所很破败的小学，教室是茅草盖的，破败到不能遮风避雨，连留住教师的宿舍也没有，学校基本上就荒废了。咱们先改造破旧的校舍，等以后存够了钱再扩建。逐步投入，逐步扩大，压力会相对小一些。我们这一辈子如果不能完成，等将来儿子有能力了再接过你我手中的接力棒，你觉得这样是不是更好一些？”我们两人想法一致，方法不同。丈夫的父亲是卫生学校的老师，我的父母是中小学教师。相同的家庭背景下，我们都倾向捐助教育事业。教育树人，知识改变命运。家境贫穷的孩子要走出大山，到广阔世界去，没有文化寸步难行，改变命运的唯一途径是接受教育。反复思考后，因财力有限，我觉得捐建小学比较合适，用小钱办大事，又能了却十年的心愿，意义更大更深远，而且还能得到丈夫的支持与帮助。

2010 年春节，我们一家人去了凉山彝族自治州越西县大花乡。当丈夫看到被当作校舍的三间简陋得不能再简陋的草房时，由衷地觉得我们的决定是正确的。

昏暗的村委会土坯房里，在县教育局工作人员的主持下，我们与教育局签下捐建希望小学的协议，并为其取名“平萍希望小学”（从我们夫妻的名字中各取了一字）。

捐建希望小学我们还有另一个想法，即让儿子从捐献行为中受到教育和启示，从而培养他的社会责任心，教他懂得做人做事的道理，并希望他将来能为人民为社会为国家多做贡献，也算是赠给儿子的一笔精神财富。“平萍希望小学”以后要逐步扩大，我们这一辈子如果不能完成，那这责任与重担将落到儿子身上。

如今地震过去近十年了，期间我一直关注再生育家庭孩子的成长。除了医生的责任，我还与许多再生育家庭建立了深厚的情谊。因为对再生育对象的关怀，不仅仅是人情的关心，更是人性的关怀，里边没有掺杂任何功利因素。我还经常上门探访，带给他们药品、营养品和我的爱心。

2013 年 5 月 3 日，黄萍与“平萍希望小学”的孩子们在一起

2014 年 5 月 2 日，黄萍与艾滋病孤儿合影

2017 年 12 月 2 日，我和我的朋友们开车去都江堰向峨乡看望肖芳玉、吴德学两户再生育家庭，看望他们灾后再生育的孩子张从瑞和吴艺轩，并约定在肖芳玉家相聚。中午的时候抵达向峨乡，他们两家六口人在肖芳玉居住的新居石碑小区门前热情迎接我们。新居是小高层楼房三居室。很漂亮，房间宽敞明亮，让人觉得温馨而舒适。

午饭时，我们相谈甚欢。偶尔提起“5・12”地震往事，大家欷歔不已。肖芳玉丈夫张深勇仍然是漆黑一张脸，不同的是脸上挂着笑，话也多了，早就不再是“哑巴”。肖芳玉表情恬静，一扫过去的忧愁。她说，一年多时间里三次怀孕才有了孩子，还劳烦医护人员像保护熊猫一样保护她，如果算经济账的话，政府花在她身上的钱至少得一二十万了吧。如果没有再生育工程，没有专家的帮助，就没有他们家现在的幸福生活，她会永远记住我们，记住党和国家的这份恩情。

吴德学则说，大恩不言谢，他们两口子表达感情的方式，就是永远和帮助过他们的人做朋友，永远不忘专家、医生们付出的心血和辛劳。

在欢声笑语中看着健康成长的孩子，我心中充满喜悦。最后他们四个人很郑重地举杯敬酒，感谢给他们家庭带来幸福生活的所有无私奉献的专家们，并希望我们永远做朋友，继续关心关爱两个孩子，让他们健康成长。

今后的路还很长，爱，永远在路上……

2018 年 1 月，黄萍与肖芳玉一家

2018 年 1 月，黄萍与吴德学一家

（黄萍）

第五章　在反思中前行

虽然我们只是平凡的人，无法改变我们国家的局面，但我们应该有一双分辨黑白的眼睛，有一颗能严肃思考我们国家命运的头脑。

——《平凡的世界》，路遥

1　在医学实践中领悟人的蓬勃生命力

世界著名医史学家阿尔图罗·卡斯蒂廖尼曾说："医学是随着人类痛苦的最初表达和减轻这份痛苦的最初愿望而诞生的。"

医学的历史，不仅与技术成就相关，还与艺术和精神相关；不仅与事实故事相关，还与人物和观念相关；

不仅联系着各时代的经济、文化和政治生活，还联系着时代的法律、灾难、进步和文明。医学，总是在最关键的时刻面临新的威胁和挑战。

但更重要的是，医学也为开辟未来无限美好的前景提供了希望。

人类的苦痛和惧怕促使了医学的诞生

事实上，医学的最初观念来源于原始人的痛苦和惧怕，甚至与动物的痛苦和惧怕相关。医学发展的理由就是减轻或者消除人类和动物的这种痛苦和惧怕，使其更坚强更有能力。

从史前期和原始人经验的、鬼神的、灵魂的、巫术的医学到今天的现代疗法，医学经历了难以想象的跨越式进步和颠覆；从《圣经》上的脏器治疗到今天的内分泌学，是知识、理论和技术的升华与结合；从希波克拉底的体液病理学说到现代的免疫学，期间所经历和揭示的是整个生物学和生命科学的巨大进步。不仅如此，现代医学更融合了人文情怀，使之成为每个人一生都难以回避而必须与之对话的科学和学科。

疾病是人类与生俱来的伙伴，痊愈是人生不断的期盼。历史上，每一次人类的灾难都伴随着重大的医学进步，瘟疫、战争和自然灾害除了带给人类恐惧外，更给予人类不断探索的勇气。从公元前有记载的疾病与瘟疫大流行，到14世纪欧洲鼠疫和其他流行病，再到16世纪文艺复兴时期认识到的梅毒、疹热、斑疹伤寒等，每一步都促使人类去积极寻找预防与治疗的手段。经过几千年的探索与进步，1928年，苏格兰生物学家亚历山大·弗莱明首先发现了青霉素，1932年，德国化学家格哈德·杜马克发明了细菌的克星磺胺类药物。

正是这种漫长的，充满苦难、折磨、探索和不确定性的医学发展中的黑暗历程，令人类理性与良知的光亮得以加倍辉映，照亮医学前行之路。是的，观念、事实和人物三个方面的历史，决定和照耀着我们漫长跋涉的主干道，医学思想的起源和范围被重新统一起来，成为科学、文化和历史不可或缺的一部分。

在几千年治病救人的探索道路上，最能打动人的东西不再是技术的进步，而是人类勇敢与进取、智慧与情感的丰富表现。医学，以其独有的人文素质在世界文明的进步中发挥着越来越重要的作用。

灾难中彰显医学的核心精神

当灾难来临时，你首先想到的是什么？

是救人。是治疗。是治愈。是康复。

医学的核心是治病救人。医学的精神是救死扶伤。医生和护士的责任是偶尔去治愈，常常去帮助，总是去安慰。

灾难是最能体现医学精神和医务人员责任的事件，具备了突发、危急、复杂、危重的全部特征，也使医护人员获得安慰、帮助和治疗身心受到伤害人群的机会，并得以成长。在灾难中失去家庭成员，是突然的重大的打击。帮助需要医疗帮助的人和家庭，安慰那些需要关怀的人群，努力治愈他们身体和心理的创伤便是我们需要做的全部。

努力延伸医学触角——身体的和精神的，只要能够到达的地方——是灾难中医学精神的体现。在再生育工程中，我们思考的是，如何让每一个失去孩子的母亲实现再生育一个健康宝宝的愿望，这也是再生育工程的最终目的。而实施的过程，是一个延伸医学触角的创新过程。

为什么说是医学触角的延伸？

首先，灾难中的医疗救护需要组织。灾难现场考验我们的组织协调能力。需要再生育的家庭涉及范围大，人群面广，医学实施的组织就是一种延伸。

其次，专家团队人员是有限的。通过专家活跃的思考和周密的计划，输出理论和技术；通过专家和医护人员的无私奉献，让祖国和医学的关怀到达灾区的每一个家庭和角落，这是一种带着医学情怀与高尚情操的技术的延伸。

最后，医学的延伸极大地稳定了“灾难情绪”，赢得时间，获得硬件和软件重建的机会。

医学，联系着社会、文明、经济和政治。

我们已经不再在医学技术和术语间徘徊或迷失。我们已经在医学的实践中领悟到人的蓬勃生命力和无限美好。

（毛萌）

2　汶川地震再生育经验的推广

“分级诊疗”和“双向转诊”一直是中国医改的热门话题。WHO 要求“80%以上的健康问题可以在基层得到解决”，2006 年卫生部就提出要在全国范围内推行“分级诊疗”及“双向转诊”，缓解看病“难”的问题。但截至 2013 年底，除北京、青岛、青海等部分省市推行了分级诊疗外，全国大多数的分级诊疗和双向转诊都未得到真正的落实。虽然医联体、联盟医院此起彼落，但优质医疗资源的缺乏，降低了人力资源下沉的效率，也使基层医疗资源的配置得不到很好的优化。另一方面，医生的价值体现从何而来的问题没有得到整体解决，没有得到政府和社会的回答，导致下级医院向上级医院支付下沉费用的现象经常出现，其他的付费形式也多种多样，令人很迷茫，这不仅是价值观的扭曲，也制约了医疗组织发挥其应有的作用。

2015 年国务院办公厅关于推进分级诊疗制度建设的指导意见（国办发〔2015〕70 号）正式发布，“十三五”规划将建立“分级诊疗制度”置于 5 项重点医改任务之首，分级诊疗成为医改的重中之重，认为“分级诊疗”可以缓解看病难、看病贵，可以充分发挥基层医疗资源，可以有效降低医疗费用。但截至目前，有关“分级诊疗”的各种困惑、瓶颈、成因及解决方案仍然五花八门，利弊讨论此起彼伏，可见分级诊疗仍然是需要攻克的医改关口，亟待相关政策的出台。

其实，在汶川特大地震后的再生育技术服务中，涉及的有关医疗难题都已存在，那时候的做法是怎样的呢？

那时人口计生委和医疗机构分别属于各自的管理机

构，提供医疗服务的有国家级医院和最基层的医院，涉及专业有妇产、生殖、男科、中医、心理、儿科等，国家提供的费用仅仅用于再生育对象的医疗。专家团队的首要任务，就是为基层提供有效的、可在基层实施的服务流程，提供简单的筛查、分流、初步诊断流程和处理方法。然后，再编印出相应的教材，提供给基层医生。之后，通过培训，手把手教会他们一些简单的技能，让他们能够处理一般的问题。最后，培训他们在什么时候进行转诊，怎样转诊，转到哪里去，转诊资料的准备和完善等。

专家指导组能在很短的时间里作出实情化的再生育技术服务流程，并有效地将技术服务流程、治疗规范落到实处，靠的是什么？是一种精神，一种医学的核心价值观——救死扶伤，不计报酬。专家组的另一项重要的工作，就是协调各专业的专家对疑难病例进行讨论，有效配合作出精准治疗。

汶川地震后的再生育经验，在后来发生的青海玉树地震、雅安芦山地震中都得到了借鉴和应用。

十年前，汶川地震发生时，分级诊疗、双向转诊、多学科会诊和精准治疗等概念还没有普及，甚至有的概念根本就没有提出过，专家们就是凭着朴素的医学本质和仁爱之心做到了目前仍然推广有难度的事情。这真是值得反思的问题！

（毛萌，胡丽娜）

3 灾难医学推动医学发展

健康，是医学的最终目标。民族健康，是国家的目标。

借 2008 年汶川特大地震医疗救援，尤其是借其后的汶川特大地震中有成员伤亡家庭再生育技术服务工作来谈肩负起民族健康的医疗是不是合适？

医疗是医学中最重要的组成部分。甚至应该说，所有的医学的其他分支，最终都是以医疗来体现的。

基础医学研究，最终是搞清楚人体（或者动物与人相关的部分）基本结构、代谢和各种人体现象的发生过程，最终为临床医学服务。比如，有关细胞和细胞细微结构的研究，诞生了许多药物，帮助恢复细胞正常结构，或者消灭异常细胞。有关分子结构和基因的研究，诞生了精准医学、基因诊断学，使疾病的诊断和治疗更为精准，提高疾病的缓解率和治愈率。

病理生理学，研究疾病发生的各个环节中的机理，为药学的创新和临床预防及治疗提供思路和依据。

药学与临床医学就像两姊妹，有“血缘”关系，二者相互依赖，难以分割。

公共卫生学，更是与临床医学共同完成预防和提高的职能。

所以，从临床医疗的角度谈民族健康，尤其是从灾难医学中讨论和领悟民族健康的医疗，再合适不过了。

如何理解民族健康的医疗？

医疗常常被看成一个人或者一个病人最后的希望：治愈我吧！每一个人都这样想。因而医疗，在任何国家，都被全社会所关注，被每一个人所评论，医疗的体制也被不断地讨论，医疗质量被不断地批评和质疑。因为，完美的医疗是不存在的，然而却是每一个个体追求的目标。

民族健康的医疗，就我个人的理解，应该具有四个特征：普及的，可及的，平等的，关爱的。

一个民族的健康，不是某些人群的健康，也不是有钱人或是大城市人的健康，而是全民族的健康。要做到这一点，从预防开始就必须是普及的、可及的和平等的。

普及的，我想应该是政策性的，为民众的。地震救援的时候，政策清楚明了；再生育工程的每一项政策人人知晓，不仅医护人员知晓，而且所涉及的每一个家庭都知晓。

可及的，指的是资源的分布。分层医疗的最终目标，是让所有人都能得到相同的资源（虽然不是绝对的可及，资源也不是完全平等）。再生育工程中，接受服务的每一个家庭都得到了应有的医疗，体现了一个国家的真诚态度。

平等的，就是指一视同仁。不论贫穷贵贱，享受到的医疗都是一样的（虽然做不到绝对平等）。在再生育全程医疗服务中，每一个家庭都是平等的，都能得到相同的检查、评估和后续的全部服务。

关爱的，是指每一个人的生命都能受到尊重。我们尊重每一个家庭的选择，全心全意奉献出爱心、安慰和帮助。

民族是一个整体。整体的医疗是国家层面的设计。唯有国家的设计才可能照顾到所有的公民。因而，医疗的福利和保险应该是面对大众的，而不是少数人的。

民族健康是国家发展的百年大计

言说民族健康，似乎有点夸张，不自量力。然而，地震救援和再生育工程启示我们：每一个人都有关注民族健康的责任。

举例来说，我国妇女和儿童占我国总人口数的很大比例，拥有世界上规模最大的妇幼群体。妇女和儿童的健康是国际上公认的最基础的健康指标，也是衡量一个社会经济发展、文明程度等的综合性指标。新中国成立以来，我国孕产妇死亡率、婴儿死亡率及5岁以下儿童死亡率均有很大幅度的下降，妇女儿童的健康状况显著改善，并得到了全世界的公认。这离不开我们国家社会和经济的发展。

但是城乡之间、东西部之间仍然存在明显的差距。为什么？因为大部分医疗资源集中在东部发达省份、省会城市及个别中心城市的大中型医院，除了硬件本身的分布不均，还存在基层医院医生和护士的严重不足，对于妇科、产科、儿科疾病的认知及诊疗水平均较低，与发达地区及省份城市的差距十分明显，贫困地区妇女儿童的医疗卫生和健康保健水平亟待全社会的关注和解决。

在汶川地震后灾区的医疗救援和服务工作中，我感受最深的一点就是医疗资源的缺乏。即使是在地震前，医疗资源也是极度不够的。重灾区北川县在地震前辖三个镇十七个乡，而北川县妇幼保健院只有两个医生（勉强可以叫医生)，一个妇产科医生，一个儿科医生。地震发生后，只剩下一个儿科医生。

另一个现象，在我国人口健康各项指标趋好的情况下，出生缺陷问题却日益凸显，本来就不足的公共卫生资源和医疗经费又被分配在这个领域，不仅给家庭，也给社会带来沉重的精神负担和经济负担。目前我国大约30秒出生一个有缺陷的孩子，8000万残疾人中70%是因出生缺陷所致，这个数据引人深思。

妇女儿童健康是人类持续发展的前提和基础，关系到家庭幸福和民族未来。如果医疗资源能够下沉并到达每一个村，甚至更小的组，并形成急救网络和运送通道；如果上一级的资源可以随时通过网络会诊造福下一级，级级追踪，指导关键步骤的处理，那么，很多病人将得到应有的医疗服务。但是，医疗资源的真正下沉任重道远。

所以从大型的灾难中去分析问题和难点，并提出解决方案，是医学发展的重要推动力。

（毛萌）

附　录

我们仨

我们仨都是恢复高考后第一批进入四川医学院医学系的 77 届学生，那年是 1978 年 2 月。77 级医学系一共招收了 9 个班，390 多人，是四川医学院历史上招生人数最多的一次。那一年，毛荫 21 岁，黄萍 20 岁，胡丽娜 19 岁。

我是毛荫

小时候总有一些东西是留在我们的记忆里并影响我们一生的。

3 岁前的事情几乎都不记得了。然而，过了 3 岁那一年的某一天，我牵着妹妹的手，站在宜宾机关幼儿园厨房外面的情景，还依稀记得。我们等着肖孃孃从厨房里拿点东西出来给我们吃。我们很饿。那一年，是

1960 年。

肖嬢嬢曾经带过我和我妹妹。后来在宜宾机关幼儿园厨房里帮厨。

没有人有多余的吃的东西。但肖嬢嬢总是省下自己那一份，让我们姐妹俩多吃一份。后来长大了，妈妈对我们说，为了省出一点吃的给你们，肖嬢嬢瘦得很，下肢却肿得很粗。

从此，我就被没读过一天书的“没有文化”的肖嬢嬢这种单纯的人性之爱的善良行为种下了善良的种子，并根植在我的大脑里，随我长大。

后来有幸参加高考，当考上四川医学院的时候，我并不知道自己将来会成为一名儿科医生。在临床实习时，竟然爱上了和孩子打交道，所以最终选择做了一名儿科医生。

之后，又被我的导师，华西儿科的创建者之一张君儒教授所吸引，毅然决然地做了她的研究生。张君儒教授当时已经 70 岁出头，是 20 世纪 50 年代新中国成立初和丈夫杨振华教授一起，怀里抱着一个刚满两个月的婴儿，从美国乘船经香港回到祖国，再回到当时的华西协和大学的。张君儒老师和肖嬢嬢都拥有相同的品质：善良而坚定、勇敢而冷静，对自己的选择从不后悔。

感恩人生路上这种可遇不可求的幸运的“遇见”，她们支持着我在医学这条路上无怨无悔地走着。1994 年我从美国学习回国，继续当我的儿科医生。1997 年，因当时华西医科大学工作的需要，我开始“双肩挑”做一点管理工作。2008 年汶川大地震发生的时候，我正担任四川大学华西第二医院院长，也是中华医学会儿科学分会副主任委员，四川省和成都市医学会儿科专委会主任委员。之所以讲到这几个职务和社会兼职，是因为我认为汶川地震发生后我做的所有的事情，除了天性使然，使命使然，责任所在，以及爱心的一种自然流露，职务也为我提供了很多便利。

特别需要提及的是，我身边一些优秀的人总是以他们的行动鼓舞着我，鞭策着我，也在我最困难的时候帮助我，扶持我。丽娜和黄萍，就是在我身边给予我力量和智慧的人。我常常想，人生之幸运，也不过如此吧！

2008 年地震后，在地震救援的那些日子里，我思考了很多事情。不仅是地震灾区失去孩子的家庭需要关怀，那些生活在灾区艰苦环境里的孩子们也需要更多的关怀，尤其是婴幼儿，他们的营养、生长和发育，他们的饮食卫生以及如何减少疾病感染率等。

国务院妇儿工委“灾区婴幼儿营养”项目，在极重灾区什邡市开展，受到了许多企业的资助，我带着华西第二医院的医生们也参与其中，不但改善了这个地区孩子们的营养状况，而且取得了大量的有用数据。

“四川地震灾区儿童疫苗预防接种项目”，由香港大学刘宇隆教授、涂文伟教授从香港弱能儿童互助会争取到资助，我的团队联合当地的 CDC，为 14000 名儿童接种，有效预防了秋冬季轮状病毒性腹泻，获得了大量对医学研究具有较大价值的数据。

地震后，我与几个志同道合的朋友们一起，在 2009 年底创办了“四川仁爱医疗基金会”，之后又参与创办“善工助残中心”“蜗牛山庄”等心智障碍儿童照护培训基地。

我在爱的路上一直走着，一路付出，一路收获，充实而快乐。

在这本书里，我们仨给大家呈现的是一个值得被记录的故事——汶川特大地震中有成员伤亡家庭再生育技术服务工作。作为这个项目专家组的组长，我希望拿起这本书的人都能够进入阅读，了解和知晓其中关于爱、关于智慧、关于人性的故事。

汶川地震已经过去了 10 年。日子就这样被一页一页不经意地翻过，而我们总喜欢在平淡的今天去阅读曾经喧嚣的昨天。逝去的值得回味，但今天也会成为昨天，而明天的命运也是如此。所有的过程和细节，都将成为我们心底最珍贵的回忆，至于是否留在人们的心中，是否留给社会一些值得保留得长一些的美好，就待时间去检验吧。我们只需要揣着善良有爱的那颗心，平静地生活，把美好真实地呈现。

正如亚伯拉罕·林肯所说，到头来你活了多少岁不重要，重要的是你是怎样度过这些年岁的。

我是丽娜

1977 年 10 月 21 日，新华社、人民日报、中央人民广播电台等各新闻媒体，都发布了恢复高考的消息，这条消息像一颗原子弹爆炸，震撼了整个中华大地，它像火一样在高粱地、橡胶林、稻田、军营和车间里传播着，给无数在迷茫中挣扎、彷徨的青年带来无限的希望。人们的命运和试卷再次联系在了一起，一个可以通过公平竞争改变自己命运的时代到来了。我，一个 1977 年 7 月刚刚高中毕业，正在家里彷徨，不知自己未来的路该如何走的应届生也随着这沉寂了 10 年的 570 万应考大军，涌进了改变自己和国家命运的考场。

1978 年，冰雪消融，春天气息悄然而至的 2 月，我和萌姐、黄萍等 390 多名学生走进了当年四川医学院校门，住进了华西坝西区校园的新礼堂（学校来不及准备校舍，将礼堂临时隔离成校舍），这是一个“老老少少”的群体，我和我们班的茹大哥相差 13 岁。但无论年龄几何，来自何方，我们都充满激情，如饥似渴地渴望知识，学习几乎成为我们生活的全部。萌姐在一中班的二班，我和黄萍则是在三中班的九班，我们中间隔了 6 个班，在那 5 年的学习生涯里，我们和萌姐几乎不太认识，只是偶尔遇见。

1982 年底我们一起从四川医学院毕业。我考入重庆医科大学攻读妇产科专业硕士研究生。重庆医科大学附属第二医院，其前身是“重庆宽仁医院”，是一家国家三级甲等综合性医院，它不仅是我妇产科职业生涯学习的起点，也是老宽仁精神——宽厚仁爱的文化熏陶与传播的摇篮。这个医院或许是中国改名最多的医院，也是占地最小的三级甲等教学医院。在抗战时期，在精神堡垒碑旁，它是大轰炸后重庆最主要的医疗救援地。我们在“宽仁医院”年代所建、跑起来有点颤抖的老妇产科楼里，总是充满热情地迎接着新生命的到来。国际著名的“头位难产学说”“高强度聚焦超声治疗技术——海扶”就诞生在这个老楼里。我还记得在炎夏高温里我背着老师的书稿、挤着公共汽车去重庆出版社的情景。在凌萝达、顾美礼教授的悉心指导下，我完成了住院医师、主治医师、副主任医师、主任医师、硕士生导师和博士生导师的成长过程，明白了作为一个医者、一个教授所应承担的职责和义务。

2003 年底，当得知母校四川大学华西第二医院向全国公开招聘妇产科、儿科教研室主任一事时，想回母校工作的冲动像一块碎石荡起我平静心灵的涟漪。经过申报、答辩和学校审核，2004 年 3 月 22 日，又一个春暖花开的季节，我回到了华西钟楼旁。在华西第二医院的 7 年里，我与医院的同事们一同奋斗。学科发展是医院和教研室的核心工作，为此我们废寝忘食。2008 年，妇产科学成为国家重点学科，2010 年，妇科、产科双双通过答辩，成为卫生部临床重点专科；妇产科微创中心成为卫生部四级腔镜培训基地等，这些已经成为四川大学华西第二医院妇产科发展的重要里程碑。但在华西的岁月里，最铭刻在心的记忆是见证了历史罕见的汶川特大地震的生死考验，而后来的灾后重建和再生育工程，不仅使我们仨的同学情得到升华，而且也把我们的情感与那 6000 多个家庭紧紧地联系在了一起。

“5・12”病房大转运，什邡罗汉寺抗震棚里迎接

“罗汉宝宝”，在余震中穿梭于北川、青川、剑阁、都江堰、绵竹、什邡进行再生育培训指导，那无数个率领全省妇产科同道挑灯夜战，制定四川省再生育技术服务规范化流程的时光，总是像电影中的画面一样反复在我的脑海里回放。

2011 年 3 月，我要回重庆医科大学工作，临走前萌姐约我在她家附近的咖啡馆见面。对于我的离开，她很不舍，想起我们一起为争取国家重点学科所付出的努力，想起一起在灾区度过的日日夜夜，她告诉我：你在再生育工作中做了很多，你现在离开四川，以后如果申请成果可能就不会有你的名字哦。我马上回答：萌姐，我们当时就是只想去做这件善事，没有任何其他念头。她用肯定的眼神看着我，并说：我和你一样的想法。列夫·托尔斯泰曾说：如果“善”有原因，它不再是善；如果“善”有它的结果，那也不能称为“善”，“善”是超乎因果联系的东西。

正因为有以上的经历，我非常关注人们的健康问题，2012 年我参加了欧盟第七框架“将人工流产后计划生育服务与中国现有的医院内人工流产医疗服务相结合”的研讨会，降低非意愿妊娠和重复人工流产发生率，将医学人文关怀注入人工流产的妇女中。重庆市是一个典型的大城市带动大农村发展模式的地方，主城区集中主要的医疗优势资源，而边远山区的医疗服务能力欠佳，我带领专家主动向市人口计生委领导请缨，建立了重庆市高危妊娠预警分级管理及高危妊娠抢救中心，并对基层妇幼卫生技能进行培训。2015 年，重庆队在全国妇幼技能大赛中获得一等奖。二胎政策实行以后，在全国孕产妇死亡率有明显增加的压力下，重庆市孕产妇死亡率保持稳定水平，控制在 15/10 万以下。

人生在于经历和记忆，生命在于探寻和丰富，而自己走的路也是心路。我们永远摘不到月亮和星星，但我们一定会摘到幸运的果实！

感恩这段经历，珍惜这段日子。

我是黄萍

犹记得恢复高考时，我可敬的班主任老师主动召我回学校复习，准备高考。我恶补了三个月就闯进公社中心校考场，后来居然榜上有名。1978 年 2 月我揣着上山下乡时村民们赠送的软抄笔记本进入了四川医学院，有幸成为恢复高考后医学院医学系的首届学生，那时称之为“幸运之子”。

幸运挤过独木桥，当然要珍惜，从此两耳不闻窗外事。毕竟是那个特殊年代的中学生，大学课程让人倍感压力，只能硬着头皮往前赶。在常青藤图书馆里，在钟楼旁荷花池畔，在运动场跑道上，在树林深处都留下过我的身影。莘莘学子风华正茂，没有什么困难是不能克服的。

时光荏苒，光阴如梭。清晨的薄雾，午后的阳光，绿树红墙，给我留下终生难忘的印象。五年大学生活，懵懂的青春少女就要成长为白衣天使啦。离校前我站在半月湖畔凝望满池碧绿的荷叶，仰望蓝天映衬下的钟楼，半月湖似一张弓，钟楼似一支箭。搭弓射箭，箭在弦上。多么形象，多有寓意，突然想到“开弓没有回头箭”的话，这不就是半月湖和钟楼形象的寓意吗？我豁然开朗：没有回头路的人生，只能一直往前往前。刻苦勤奋中走过了我的大学时代。

再见，青春。你好，人生。

金眼科银外科，累死累活妇产科。我毕业分配到重庆市第五人民医院妇产科当住院医生，开始了一生“累死累活”的行医生涯。既然命运安排，随遇而安吧，没有后悔没有抱怨。那个年代人很单纯，没有这山望着那山高的攀比，没有患得患失的计较。“干一行爱一行”，吃得苦中苦，方为人上人。只要能吃苦耐劳，只要能刻苦钻研，终会变成插着翅膀的白衣天使。

几年住院医生的摔打滚爬，我成长为科里的骨干，积累了一定的临床经验。后来被调到成都市第六人民医院，我进一步积累了宝贵的医疗经验。四年后又被调到成都市计划生育指导所工作，那些年我一刻也没有放松过学科专业化学习。

人到中年，终在计划生育和不孕不育专业有了一定的造诣。是金子总会发光。当上计生所所长，那年我 42 岁，经历了 17 年的风雨。

吃五谷生百病，医生也不例外。也许工作压力大，也许是劳累，2007 年我不幸患了乳腺癌。治疗期间，遇“5・12”大地震。地震中有 8000 多个失子家庭，有再生育愿望的家庭有 6000 多个。计划生育指导所，负有指导人口生育的责任。灾区失子家庭人口再生育更是责任所在。没有任何理由不参与：第一，比起灾民的苦难，我个人这点事完全是“小儿科”，自己能克服。第二，我的本职工作是有计划人口生育，我有至少近三十年的工作经验，舍我其谁？第三，我虽然是普通共产党员，却始终记得，党和人民的利益高于一切，关键时刻要冲锋在前，牺牲在前，这是举手宣读过的誓言。是誓言就必须履行。哪怕在灾区“光荣”了，最后能换来新生命的诞生，这不也是生命的意义和价值吗？

灾区再生育服务工程，是一项功德无量的民心工程。最大程度体现党和政府对灾民的关怀。我和我的同事们义无反顾地投身到抗震救灾的再生育服务工作中，帮助上千个失子家庭恢复生活信心，实现美好生活愿望，尽到了一个医务工作者的责任，做到了一个普通共产党员的责任和担当。在抗震救灾过程中，我被授予了“成都市抗震救灾优秀共产党员”等荣誉称号，这是我一生的荣光。

成都市计划生育指导所，顾名思义，负有“指导”责任。十年内我几乎走遍了省内所有的县级计生站，“指导”过程中有件事让我惦念纠结了十年。

2000 年，我去大凉山巡回“指导”，所见所闻让我震惊，我第一次见识了什么叫“一贫如洗”。在偏远大山里，填饱肚子就是山里人家的最大愿望。不仅缺医少药，更缺少学校。我一直在想，怎么才能帮助这些偏远山区的孩子们。一晃，多年过去了，在灾区义诊时，可能是因为劳累，也可能是身体尚未痊愈，晕倒住院。静养期间，从忙碌中闲下来，心态变得恬适淡定，有了一种经历了大风大浪后的气定神闲。人闲，就会东想西想。想起这一生经历过灾荒年，经历过上山下乡，经历过改革开放，又正经历抗震救灾的洗礼，人就有了宠辱不惊的感慨。突然想起多年前曾经赞助金堂县竹篙镇计划生育贫困户唐金巧读书的事。受此启发，我脑子里迸出一个想法，为山里的孩子们捐建一所希望小学。

踏破铁鞋无觅处，得来全不费工夫，十年不能释怀的纠结困扰有了答案。躺在病床上我一下子就变得轻松了许多，病也好了许多。

在冬夜，在阴天，梦想着未来。有爱的陪伴，人生真美好。

后记

日常生活也需要爱与善

十年前的再生育，是灾后生命重建的一项软工程。灾难中失去孩子，需要再生育，因为灾难，政府当时给予了大力支持，出台了一系列政策等，从医疗和经济上给予这些家庭巨大的援助及心理安慰，灾区也因新生命的诞生获得新生。

2018 年初我们重返北川，看到规划有序的新县城一片生机，在 1798 户要求再生育的家庭中，截至 2016 年底，已经有 999 户实现了再生育的愿望。除了在 2015 年放弃再生育愿望的 256 对夫妇，尚有 388 对夫妇仍然需要得到再生育项目的帮助。但对于一些高龄妇女，已经错过了最佳生育年龄，她们如何找到后半生的生命价值是一个很重要的问题。一些非营利性社会公益团体，针对失独家庭再生育方面的困难也提供医疗救助的公益平台，还有些公益组织提供经济援助，比如“妈妈之家”援助丧子母亲，致力于帮助灾区丧子母亲们重塑心理健康，被很多媒体称作“坚守灾区最久的志愿者”。

另外，近年来医患关系日趋紧张复杂，恶性伤医事件也时有出现，医患之间缺乏必要的理解和信任。医疗服务的全过程，从一定意义上讲是人与人之间交流和沟通的过程，它除了有知识的传递、文化的交融，更重要的是情感的沟通。医学的本质是人学，医学承载着“除人类之病痛，助健康之完美”的神圣使命，本质应是爱的表达。医学要前行，不能单纯依赖科学技术的进步，更需要有人文精神的滋养。我们仨也想以此书来表达我们的医者情怀，让大众对医者有更深刻的了解。

生存还是死亡，自古以来就是考验人类的严峻话题，死亡是人类永恒的隐痛。虽然死亡是一切生命的必然归宿，无论是一叶一草，还是参天栋梁，无论是一介凡夫还是盖世英雄，终将化作一缕烟尘归于尘埃，但灾难的到来总是让人猝不及防，顷刻间一切化为乌有，大地裂开，吞噬了房屋和学校，那些鲜活的生命消逝于瞬间，此时你能感到的只有大自然的威力和生命的渺小，这种撕裂的疼痛是难以忘却的。

但灾难只是概率事件，灾难中表现出的熠熠生辉的人性，表现出的人间大爱不能随着灾难的过去而淡化。或许是灾难事件激发了爱的集中表达，但在平常的日子里，仍然有儿童、少年面临受伤和死亡的威胁，仍然有好多高龄妇女想要再生育一个孩子，她们怎样获得帮助和关爱也是需要关注的。平常的日子显示出的是细水长流，这细水长流中也是需要点滴爱的浇灌的，哪怕只是一点，也会聚少成多，让生活更温暖，所以为什么一定要等到灾难来临才奉献爱与善呢？“只要人人都献出一点爱，世界将会变成美好的人间！”爱是世间最美好的字眼，是最美好的情感。与生命相比，其他的都毫无重量，希望人们在祭奠受灾民众的同时，反思生命，反思人性，毕竟生者是死者生命的延续，希望他们在另一个世界里依然能够感受到人性的温暖。

2018 年 3 月

致　谢

《孩子？孩子！——三位医生与灾后失独家庭的再生缘》即将出版，这是我们仨不曾想到的。就在2017年国庆前，那段难以磨灭的记忆还仅仅是我们通话时偶尔的话题。萌姐已经从医院领导岗位上退下来了，但仍然在自己儿科专业里遨游，辗转成都、上海、北京、深圳等地讲学，有时也在国际会议上展示我国儿科领域的新发展。黄萍有孙子了，去美国享受天伦之乐之际，也不忘大凉山“平萍希望小学”的孩子们。我除了日常的医学教研工作，把更多的精力放在学科建设和年轻医生的培养上，也阅读了很多有关医生修炼的书籍。《医生的精进》《医生的修炼》使我感受到培养学生自我修炼的意义；

《最好的抉择》《最好的告别》让我更深地理解了生命与死亡。艾伦·罗斯曼（Ellen L. Rothman）认为：医学从古希腊医圣手中的蛇与杖，到现代医生身上的白大褂、手中的听诊器、柳叶刀，充满各种仪器的检验大楼，已变得越来越物质化。其实，医学是人学，是心灵、情感、意志塑造的综合体现。我们在从医过程中能体验如何与苦难相伴、与死神周旋；知晓技术和人性的通融，尽量做到医者与患者的共情，也深深体会到关怀和抚慰是医生必不可少的技能。

我们仨经常是地处三地，但联系非常紧密，每当提到我们仨参与的“再生育工程”时，总会想起那些激情燃烧的岁月。“每颗心上，总有个记忆挥不散”，我们心中挥之不去的总是那6000多个需要再生育的家庭，总是那些投入了我们热情和精力的日日夜夜。每每在回顾之余，我们总感到好像有什么事情没有做完，几经交谈，渐渐地，把那段难以忘怀的经历付诸笔端、记载成册，成为我们仨的共识。开始时，怎么写？谁执笔？成为我们的难题。作为医生的我们仨写病历、论文、科普文章及专著等已经轻车熟路，但以纪实的文体来再现那种宏大的场景，我们想可能只有作家或记者才能完成。于是，我找过期刊主编、纪实文学作家和记者朋友们，但没想到，他们听了我们仨的故事后，一致认为谁写都不如我们自己来描述，因为我们是事件的亲历者。在他们的鼓励下，我试着写了几个小故事“田运凤”“罗汉娃”“北川的灾民公仆”，都得到了这些朋友的肯定，他们认为医学和文学都是人学，这一点是相通的，我们具有朴素的文笔，是尚未雕琢的“原生态”写法。于是，我们仨利用工作之余，点点滴滴、焚膏继晷，在 2017 年的年末，用近 5 个月的时间完成了书稿。

“汶川特大地震中有成员伤亡家庭再生育技术服务工作”是国家强力推动的一项“再造生命”的工程，集中了国家、省市、地区的体制力量，也得到全国包括香港特别行政区的许多高等院校以及各专业协会的专家们的支持，我们仨作为这项重大活动的参与者，只是从个人的角度传递当时的经历和感受，不可能多角度全方位反映这项伟大的工程。虽然在文中已介绍了部分参与的专家，此处不再一一致谢，但如有时间、地点和人名的遗漏或差池，还请参与者、知情者指正并见谅。

在此书出版之际，我要感谢以下朋友：

原重庆电视台主任记者欧学光先生给了我们能够真实再现历史场景的强大信心。

原重庆日报专刊部主任李永琦先生给了我们不少有

益的建议，这在一定程度上也推动了我们的写作。

重庆健康人报总编辑吴景娅女士也给了我们一些重要的建议。

感谢陈再强和吴恭秀女士的无私帮助。

最后，特别感谢许军董事长和黄山董事长在出版的过程中给予的大力支持和帮助。

2018 年 1 月 30 日